AF208649

Marielyne Neurohr

Contenance, mein Engel

Roman

DIE DEUTSCHE NATIONALBIBLIOTHEK VERZEICHNET DIESE PUBLIKATION IN DER DEUTSCHEN NATIONAL-BIBLIOGRAFIE; DETAILLIERTE BIBLIOGRAFISCHE DATEN SIND IM INTERNET ÜBER HTTP://DNB.D-NB.DE ABRUFBAR.

DIE AUTORIN WEIST DARAUF HIN, DASS ALLE PERSONEN FREI ERFUNDEN SIND, EBENSO DIALOGE UND HANDLUNGEN SOWIE EINIGE ÖRTLICHKEITEN. ÜBEREINSTIMMUNGEN MIT REALEN PERSONEN ODER GEGEBENHEITEN SIND REIN ZUFÄLLIG UND NICHT BEABSICHTIGT.

© 2008 MARIELYNE NEUROHR
COVERBILD © HELMUT NEUDORFER
ISBN: 9783837054866

HERSTELLUNG UND VERLAG:
BOOKS ON DEMAND GMBH, NORDERSTEDT

Till saß an seinem Schreibtisch, als das Telefon klingelte. Er schob hastig den Berg Akten, der vor ihm lag, zur Seite und fing an, sein schnurloses Telefon zu suchen. Er fand es schließlich auf der Küchenablage, unter einem T-Shirt.

„Detektei Clemens", sagte er und klemmte sich den Apparat zwischen Ohr und Schulter.

„Spreche ich mit Herrn Till Clemens?"

„Ja." Till schenkte sich eine Tasse kalten Kaffee ein.

„Mein Name ist Lampert. Doktor Lampert. Ich kontaktiere Sie wegen eines äußerst dringlichen Falls. Bei uns liegt der Verdacht eines *Todesengels* vor."

„Wo ist *bei uns*?", fragte Till.

„Oh, Entschuldigung. Es handelt sich um das Altersheim Schönfrack, in der Schlossallee."

Till nahm einen Stift und notierte die Adresse auf einen Werbeprospekt.

„Herr Clemens, ich wende mich an Sie, weil Sie, nach meinen Information, der einzige Detektiv sind, der ..."

„... der ähnliche Fälle erfolgreich aufgedeckt hat", beendete Till den Satz und nippte an seinem Becher.

„Nein. Ich meinte, der eine Altenpflegerausbildung hat."

Till spuckte den Schluck Kaffee zurück in die Tasse.

„Was haben Sie vor?", fragte er erstaunt.

„Können wir uns treffen?"

Till knisterte übertrieben mit dem Werbeprospekt, ganz so, als würde er in einem dicken Terminkalender blättern.

„Am Dienstag, um 14 Uhr. Hier in meinem Büro."

Auf Station F, im Altersheim Schönfrack, ging es ruhig zu. Vor dem Schwesternzimmer standen zwei Pflegerinnen und unterhielten sich. Rechts daneben befand sich eine kleine Fernsehecke, die momentan nicht genutzt wurde. Der lange Flur, der rechts und links zu den Zimmern führte, war ebenfalls leer. Gegenüber dem Schwesternzimmer war der offene Speisesaal. Eigentlich nur ein großer alter Holztisch mit Stühlen. Und einem vertrockneten Blumenstrauß als Zierde. Hier saßen zwei Alte in ihren Rollstühlen und aßen Pudding. Hinter dem Speisesaal gelangte man durch eine große Glastür auf die Terrasse. Heute stürmte es, und so hielt sich auch niemand draußen auf. Aus dem Radio säuselte Volksmusik, und auf der ganzen Station roch es nach Tee. Ein wenig auch nach vollen Windeln, Desinfektionsmittel und Schweiß.

Punkt 14 Uhr piepste es. Die Stationstür ging automatisch auf, und zwei Frauen betraten den Flur. Die Ablöse.

„Guten Tag. Gibt's was Neues?", fragte eine, während sie die fast leere Station musterte. Und erst danach die Kolleginnen per Handschlag begrüßte.

„Hallo Contenance. Ja, es gibt einen Neuzugang in Zimmer 8. Akten liegen auf dem Tisch." Die Pflegerin zeigte mit dem Finger auf den Rezeptionstisch, der gesichert hinter einer dicken Glasscheibe stand.

„Geduscht sind sie, Mittagessen, Tabletten, gewickelt – der ganze Kram ist erledigt. Viel Spaß und bis morgen!"

„Bis morgen." Contenance setzte sich und studierte gleich die Papiere. Die andere Frau ging erstmal eine rauchen. In den Papieren stand: Für die Kurzzeitpflegestation F, Herr Bernstein, 20 Tage bewilligt, 20 Euro pro Tag, EZ: Ernährungsgewohnheiten beobachten ...

Contenance schaute sich die Medikamentenliste an und erkannte sofort, dass Herr Bernstein an Parkinson litt. Und die Krankheit war weit fortgeschritten.

Sie stand auf, zog sich um und ging in die Fernsehecke. Sie schaltete den Apparat an. Danach wechselte sie das Radioprogramm. Die Volksmusik konnte doch keiner ertragen, jedenfalls nicht den ganzen Tag. Dann begann sie ihre tägliche Runde. Sie holte jeden Bewohner, der sitzen konnte, aus dem Bett und verteilte die Alten auf der

Station. Contenance konnte es nicht leiden, wenn man die alten Menschen im Bett ließ; nur weil es für einen selber bequemer war. Bei ihr gab es kein Pardon. Alle raus aus den Zimmern. Sie setzte welche an den Esstisch. Die anderen verfrachtete sie in die Fernsehecke. Bei schönem Wetter brachte sie einige auf die Terrasse. Jenen, die wirklich bettlägerig waren, brachte sie Zeitschriften, Spiele, Malblöcke, frische Getränke oder setzte ihnen Kopfhörer auf. Jedes Zimmer besaß einen Radioanschluss. Manchmal setzte sie auch einfach einen gehfähigen Bewohner zu einem Bettlägerigen.

Natürlich achtete sie immer darauf, dass sie keinem zu viel zumutete, aber sie setzte die Schmerzgrenze sehr hoch.

Contenance betrat das Zimmer von Frau Singo. Eine Bewohnerin, die nach ihrem vierten Schlaganfall eingeliefert worden war. Gelähmt und lebensmüde.

„Mein Schatz, wie geht es dir?"

„Ich will nicht, dass du meine Windel wechselst!", sagte die Frau und sah beschämt aus.

„Gut, dann putz ich die Fenster. Oder schrubbe den Boden. Deswegen habe ich ja eine Altenpflegerausbildung absolviert." Contenance lächelte.

„Waren Sie schon mal in Cadaqués? Dort blickt man auf das Meer, wenn man aus dem Fenster schaut." Die Alte lächelte.

„Ich war noch nie dort, aber ich glaube Ihnen. Es muss sicher wunderschön sein in Cadaqués"

„Für mich ist es ein besonderer Ort. Spanien. Dort habe ich meinen ersten Mann kennengelernt. Meine große Liebe." Luna flüsterte, als verpetze sie ein Geheimnis.

Contenance bekam dieses *Geheimnis* zum zehnten Mal erzählt. Mindestens.

„Wie sieht's denn jetzt mit den Windeln aus?"

Die Frau verzog ihr Gesicht. Es war ihr unangenehm. Sie hatte in die Windeln geschissen und wollte dieses „Malheur" nicht preisgeben. Obwohl sie nichts dafür konnte, verabscheute sie es wie eine Missetat.

„Luna, ich möchte keine Fenster putzen. Bitte lass mich lieber deine Windeln wechseln." Contenance zog eine Schnute, dann küsste sie Luna auf die Wange.

Sie bettelte wie ein kleines Mädchen, das eine Tafel Schokolade will.

„Gut. Aber verrate es keinem!"

Contenance nickte und lächelte. Sie begann mit der routinemäßigen Wäsche.

„Ich schäme mich. Ich will nicht für den unbedeutenden Rest meines Lebens hier bleiben. Contenance, ich wünsche Ihnen von Herzen, dass Sie nie in ein Altersheim müssen", sagte Singo.

„Nun – dafür ist es zu spät!" Contenance schaute amüsiert.

„Ich arbeite hier. In einem Altersheim."

„Sie Ulknudel. Ich meine, wenn Sie alt sind, wie ich. Wenn Sie gelähmt sind, wie ich. Wenn Sie in Windeln scheißen müssen, wie ich eben."

„Sie? Vorhin waren wir per Du!"

„Wenn du, Contenance, in die Windeln ..." Singo hob die Schultern hoch, hob ihre Hand vor den Mund, sie musste lachen.

„So gefällst du mir, mein Schatz! Lächelnd bist du so hübsch."

Plötzlich fing Singo an zu weinen.

„Contenance, ich wünschte mir, lächelnd abtreten zu können. Wissen Sie, was ich meine? Glücklich meinem Leben Ade sagen, nicht hier. Ich will hier nicht sterben. Täglich in Windeln scheißen, aus Schnabeltassen trinken, meine Muschi gewaschen bekommen, meine Kotze weggewischt bekommen und Medikamente schlucken. Das bin nicht ich."

Singo schaute ihre Pflegerin entkräftet an. Sie gebrauchte normalerweise elegantere Formulierungen, doch hier bekam man oft solch derbe, unverblümte Äußerungen zu hören. Singo hatte sie übernommen. Und angesichts ihres traurigen Daseins war es ihr auch egal, welche unschicklichen Worte sie gebrauchte.

„Schon gut." Contenance streichelte der alten Dame den Kopf.

„Ich kümmere mich um Sie, meine Liebe. Keine Angst."

Contenance verfrachtete Singo in einen Rollstuhl und schob sie in den Speisesaal.

Nun ging sie in Zimmer 8.

„Herr Bernstein, ich bin die Pflegerin Contenance. Guten Tag."

„Guten Fag", antwortete der Mann undeutlich.

„Ach, keine Zähne!", sagte sie und suchte sofort in seinem Betttischchen nach seinen Dritten. Contenance wurde fündig. Die Zähne waren nicht gesäubert.

„Ich gehe sie schnell putzen, bin gleich wieder bei Ihnen." Sie verschwand ins zimmereigene Bad.

„So, Herr Bernstein, Mund auf!", befahl sie. Sie fingerte grob, aber effektiv in seinem Mund herum.

„Danke, jetzt geht es besser. Guten Tag, ich bin Herr Bernstein", sagte er freundlich.

„Geht das mit den Dingern? Tut Ihnen etwas weh? Kleben sie richtig? Wieso haben die Kolleginnen Ihnen die Zähne nicht reingetan?"

„Sie fragen aber viel auf einmal", sagte Herr Bernstein.

Contenance lachte. Ihr war der alte Herr auf Anhieb sympathisch.

„Gut, dann nur eine Frage: Können Sie sitzen?"

„Vielleicht. Ich bin schon lange nicht mehr gesessen. Außer auf dem Duschstuhl, heute Morgen."

„Wir probieren es."

Contenance holte einen Rollstuhl. Sie platzierte ihn neben das Bett. Dann klappte sie das Bettgitter herunter. Bettgehege, wie sie es nannte.

„So, jetzt halten Sie sich mit beiden Händen an meinen Schultern fest."

Ein Ruck, und Herr Bernstein saß aufrecht im Bett, die Füße über der Kante baumelnd.

„Wir warten kurz. Ihr Kreislauf muss sich anpassen", sagte Contenance.

Kurz darauf wieder ein Ruck, und er saß einwandfrei im Rollstuhl.

„So, jetzt zeige ich Ihnen die hübschen Frauen, die hier wohnen."

Mittlerweile war Station F lebhaft geworden. In der Fernsehecke wurde heiß und vor allem laut diskutiert. Contenance öffnete jede Zimmertür, während sie Herrn Bernstein zum Holztisch, pardon, zum Speisesaal schob.

„Guten Tag, das ist Herr Bernstein", rief sie in jedes nun offene Zimmer.

Sie schob ihn nahe an den Tisch und stellte ihm die Personen vor, die dort bereits saßen.

„Zu Ihrer Rechten die bezaubernde Luna Singo. Zu Ihrer Linken der unvergleichliche Sepp Gipfel. Gegenüber die charmante Helene Müller ...", sie stellte alle vor. Dann schnappte sie sich Frau Singo und küsste sie auf die Wange. Dem Herrn Gipfel klaute sie den Löffel und stibitzte ihm einen großen Teil seines Puddings.

„Guten Tag, mein Name ist Timo Bernstein", sagte Herr Bernstein etwas geniert.

Die Kollegin von Contenance kam mit einem entnervten Blick aus Zimmer 4.

„Sie sitzt auf dem Boden und will nicht geduscht werden", sagte sie entmutigt.

„Frau Bert sitzt auf dem Boden?"

Contenance eilte ins Zimmer. Frau Bert hockte mit nackten Beinen auf dem Boden und sang ein Lied. Frau Bert hieß eigentlich Herbert mit Nachnamen. Aber Contenance nannte sie *Fraubert*.

„Was für ein Lied ist das?", fragte sie die Dame.

Die Kollegin schaute erstaunt.

Contenance ging einen Schritt aus dem Zimmer.

„Kennt jemand dieses Lied?", fragte sie in Richtung Holztisch, während sie versuchte, das Lied nachzusummen.

Sie bekam keine Antwort.

„Ich glaube es ist ‚Let It Be' von den Beatles", rief Contenance.

Die Kollegin runzelte die Stirn. Contenance zwinkerte ihr zu.

„Wer sind denn die Biethels?", fragte einer der Alten.

„Nein, das ist Heintje – ‚So ein Pferdchen wollt ich nie!'", meinte einer.

„Aber nein, hört doch mal richtig hin. Das ist Udo Jürgens – ‚Mit 66 Jahren'", sagte Frau Müller.

Contenance summte angestrengt. Sie versuchte, deutlich zu summen – und vor allem laut. Frau Bert schaute sie an. Sie lächelte und sang auch lauter, damit Contenance es besser hören konnte.

Meike, die Kollegin, musste angesichts dieses Schauspiels schmunzeln. Contenance schaffte es doch immer wieder, aus diesem öden Beruf ein Highlight zu machen.

Nun diskutierten alle; selbst die, die im Zimmer lagen riefen ihre Meinung über das Lied in Richtung Flur.

„Ich habe es, meine Lieben", sagte Contenance schließlich.

„Es ist ‚Happy Birthday'."

Contenance linste in das Zimmer von Frau Bert. Die alte Frau lächelte.

„Meine Damen und Herren, unsere liebe Frau Bert hat Geburtstag. Wir kennen ja wohl alle dieses Lied! Und bitte ...“ Contenance dirigierte, und alle Bewohner stimmten Happy Birthday an.

„So ein schönes Ständchen, Frau Bert. Hören Sie mal, wie schön das ist. Wollen Sie wirklich da sitzen bleiben, während alle für Sie singen?“

Die alte Dame schüttelte den Kopf und versuchte zittrig aufzustehen.

Contenance ging ins Zimmer und schloss die Tür.

Meike sang noch drei Mal mit den Bewohnern Happy Birthday. Die Tischgesellschaft schaute sich glücklich an und sang.

Die Tür von Zimmer 4 ging auf.

„Ladies and Gentlemen, hier ist unsere Frau Bert!“, verkündete Contenance, an ihrem Arm eine frisch geduschte Frau.

Später fragte Meike Contenance, wie sie das gemacht habe.

„Ganz einfach, sie hatte Geburtstag.“

„Sie hat heute nicht Geburtstag. In den Akten steht ...“

„Ich weiß, was in den Akten steht. Und? Sie ist geduscht und fühlt sich gut.“

„Aber ... hast du eigentlich wirklich das Lied erkannt?“

„Nein.“

„Manchmal habe ich das Gefühl, dass du die Leute hier verarschst.“

„Und?" Contenance war wenig touchiert.

„Und das ist nicht in Ordnung!"

„Ich denke, meine Verarsche ist das Warmherzigste, Ehrlichste, was sie bis zu ihrem Tod bekommen werden. Es gibt einen Unterschied zwischen veräppeln und verachten. Meinst du, sie den ganzen Tag im Bett liegen zu lassen mit der heuchlerischen Entschuldigung, man respektiere ihre Krankheit und wolle sie nicht überlasten, sei respektvoll? Sie bekommen Kontrakturen. Spitzfuß. Kreislaufprobleme. Offene Stellen an Rücken und Arsch .Mitleidige Blicke statt Zuhören. Man will sie nicht verstehen, Hauptsache, sie schlucken ihre Medizin."

„Stopp!" Meike sah ihre Kollegin sauer an.

„O.k., schon gut. Ich werde nichts mehr sagen."

Till saß an seinem Bürotisch und rückte unentwegt Dinge von rechts nach links. Sinnlose Beschäftigung, nur um etwas zu tun. 13 Uhr 55. Dienstag. Gleich würde Herr Doktor Lampert kommen. Ein Kunde. Till hatte schon lange keinen Kunden mehr gehabt. Er war nervös. Endlich schellte die Türklingel. Till zupfte seine Krawatte zurecht und eilte zum Eingang.

„Herr Lampert, herzlich willkommen. Bitte setzen Sie sich."

Der Doktor gab Till die Hand und setzte sich auf den alten, aufgeplatzten Ledersessel.

„Möchten Sie einen Kaffee?", fragte Till und hoffte, sein Gast möge Nein sagen.

„Nein danke."

„Also, Sie haben einen Verdacht in Ihrem Altersheim?"

„Ja. Es handelt sich um eine Pflegerin, die seit sechs Monaten bei uns arbeitet. Contenance de la Placa." Herr Lampert saß steif, mit akkurater Haltung auf dem wackeligen Sessel und schaute direkt in Tills Augen.

„Ein außergewöhnlicher Name."

„Ja.", Diese Bemerkung schien dem Doktor nicht sonderlich gefallen zu haben.

„Wie kommen Sie auf den Verdacht, dass diese Dame ein sogenannter Todesengel ist?"

„Wir hatten einige Todesfälle in unserem Haus. Natürlich. Aber es gibt die normalen Verluste von alten Menschen, und es gibt jene, warum ich Sie heute besuche. Seltsame Tode, bizarre Tode. Besser gesagt, seit Frau de la Placa bei uns arbeitet, sterben Personen, die gerade erst zu uns gekommen sind. Also diejenigen, die wir im Normalfall aufpäppeln und nach einigen Tagen wieder entlassen. Jedenfalls bisher. Seit Frau de la Placa, überleben die Neuen den Aufenthalt bei uns nicht."

„Alle?"

„Zu 80 Prozent."

„Also nicht alle."

„Wollen Sie den Auftrag nicht?"

„Doch. Entschuldigung."

„Ich möchte von Ihnen, dass Sie sich als Altenpflegepraktikant einschleusen. In die Schicht von Frau de la Placa. Das organisiere ich. Bleiben Sie dieser Frau auf den Fersen. Ich will alles wissen. Wie sie ihre Arbeit meistert, was sie den Bewohnern sagt, was die Kollegen von ihr halten, was die Besucher von ihr halten ... einfach alles. Finden Sie heraus, was es mit dieser Frau auf sich hat. Und ich bete zu Gott, dass Sie meinen Verdacht nicht bestätigen können."

„Ich schleuse mich also ein, als Praktikant."

„Ja."

„Wie geht es Ihnen?", fragte Contenance Herrn Gipfel.

„Ich fühle mich nicht besonders", antwortete der alte Mann.

Sepp Gipfel war Witwer seit 20 Jahren. Das musste man sich einmal vorstellen. Er hatte seine Frau verloren, da war er gerade erst 70 Jahre gewesen, wie er immer zu sagen pflegte. Nach dem Tod seiner geliebten Gerlinde war er allein in dem großen Haus zurückgeblieben. Einen Sohn, der in Amerika lebte. Keine Enkel. Herr Gipfel schaffte den Haushalt nicht mehr; auch, weil er keinen Sinn mehr darin sah, das Haus instand zu halten. Wozu? Besorgnis der Nachbarn. Besuch eines netten Herrn der Behörde. Umzug ins Altersheim.

„Das Wasser ist mir zu warm."

Contenance regelte die Temperatur etwas herunter. Sie schäumte den alten Herrn ordentlich ein. Sie massierte ihm den Rücken. Dann duschte sie ihn ab und setzte ihn vom Badestuhl in den Rollstuhl. Danach zog sie ihm frische Sachen an.

„So, jetzt sind Sie wieder schick!" Sie lächelte ihn an.

„Ach, ich würde so gerne sterben", sagte er.

Meike kam gerade ins Zimmer.

„Ja? Und wie denken Sie ist es so da oben?", fragte Contenance.

„Nett, dass Sie denken, ich komme nach oben", sagte Gipfel.

18

Meike sah empört aus. Wie konnte Contenance so ein Gespräch führen!

„Hoffentlich gibt's da oben genügend Pudding! Ich würde freiwillig nach unten gehen, wenn es oben keinen großen Vorrat an Pudding für mich gibt", scherzte Contenance.

Herr Gipfel lachte.

„Ich mache mir viele Gedanken darüber. Ich kann Ihnen nicht sagen, wie es ist zu sterben, meine liebe Contenance. Aber ich wünsche mir einen gelungenen Abgang. Wenn Sie verstehen, was ich meine."

„Ich verstehe", sagte Contenance.

Meike verließ das Zimmer. Ihre Kollegin kam ihr widerwärtig vor. In ihrem Job mussten sie den Alten erzählen, dass alles wieder gut werden würde. Alles. Auch wenn es schwerer werden würde als früher, aber es gab immer Hoffnung. Besinnung der Angehörigen; sie würden doch sicher den alten Menschen wieder nach Hause holen und pflegen. Medikamente. Es gab immer neue, bessere Medikamente, die ihnen helfen würden. Therapien. Große Erfolge und sogar Heilung. Wieder laufen können, selbstständig leben und allein zurechtkommen. Zur Not mit Hilfe der Zivis oder einem ambulanten Dienst. Alles kein Problem. Cremes, Seelsorgetelefone, Herzschrittmacher, Überwachungsapparate, direkt gekoppelt mit Stationen der Krankenhäuser. Alles kein Problem. Und was macht Contenance? Sie plauscht fröhlich mit einem Patienten über den Tod. Unfassbar.

Als beide Pflegerinnen in ihrem Schwesternzimmer standen, fragte Meike:

„Du kannst nicht ernsthaft meinen, dass es gut ist, mit denen über den Tod zu reden, oder?"

„Wieso? Du meinst, es ist besser sie über die Nebenwirkungen des Medikaments aufzuklären, was sie täglich schlucken?"

„Du bist unmöglich!"

„Alte Menschen reden gerne über den Tod. Und weißt du was? Sie sollten die Möglichkeit bekommen, darüber zu reden. Sie brauchen das. Jede Schwangere redet nur noch von Babysachen. Jeder Hundebesitzer redet nur noch von seinem Köter. Alte haben nun mal den Tod vor Augen. Es ist wichtig, darüber zu reden. Und, entschuldige mal, wir sind ein Altersheim! Hier landen nicht die Schwangeren, sondern die Kranken, Alten, die bald dem Leben Ade sagen. Wo sollen sie darüber reden können und dürfen, wenn nicht hier? Kein Angehöriger will mit ihnen über das Ableben reden. Freunde und Ehepartner sind oft schon weg. Diese Menschen sind alleine, verdammt noch mal! Sie befinden sich im Angesicht des Alters, der Krankheit, des Todes. Mäuschen, meine schöne Meike, irgendwann willst du auch über den Tod reden."

„Ich will dir nicht weiter zuhören. Ich finde, wir sollten den Alten hier noch einige schöne Tage, wenn möglich Wochen bescheren. Und sie nicht mit dem Grausamen konfrontieren!"

„Grausam ist nur eines: wenn man keine Achtung hat." Contenance nahm eine Brezel in die Hand, die ihr Meike mitgebracht hatte.

„Du hast keine Achtung!"

„Ich würde jederzeit mit einer Schwangeren über Wickeltische, Strampelanzug und Kinderzimmerfarben schwatzen. Mit Hundebesitzern über Flohbänder und Futter diskutieren. Und, Herrgott noch mal, mit jedem Alten würde ich über den Tod philosophieren."

„Ich gehe jetzt. Frau Neumeist wickeln", sagte Meike knapp.

Contenance biss ein Stück Brezel ab. Es piepste. 22 Uhr. Die Kollegen der Nachtwache kamen durch die Stationstür.

Nach der Begrüßung gab Contenance Anweisungen für den Neuen, Herrn Bernstein. Er könne sitzen, allein essen, bräuchte um 23.30 Uhr seine letzten Parkinsonmedikamente. Habe seine Zähne noch drin, die für die Nacht natürlich herausgenommen werden müssten. Und unterrichtete die Kollegen, dass Frau Bert heute wie auch morgen früh Geburtstag habe. Die Kollegen lächelten. Ihre Blicke fielen auf all die alten Menschen, die überall auf der Station verteilt waren. Und auf alle Türen der Zimmer, die offen standen. Jetzt lächelten sie nicht mehr und wünschten Meike einen schönen Feierabend.

Contenance ignorierte diese Missgunst. Sie ging ins Schwesternzimmer und zog sich um. Dann stattete sie Frau Singo noch einen Besuch ab.

Till streunte durch die lange Einkaufspassage seiner Stadt. Er brauchte eine neue, unauffällige Klamotte. Sein privater Style war eher auffällig. Jedenfalls glaubte er das. Till war unsicher. Er war schon seit fünf Jahren Detektiv. Hatte mehr schlecht als recht irgendwie überlebt. Drei Fälle, die mit Krankenhäusern zu tun hatten, hatte er erfolgreich abgeschlossen. Ansonsten schlug er sich als primitiver Ehespion durch. Hier ein paar Fotos. Da ein paar geschmierte Zeugen.

Alles in allem war er ein miserabler Vertreter seiner Zunft. Nun war da der Herr Doktor, und Till spürte seine Chance. Er musste diesen Auftrag einfach meistern. Er wollte es. Um sich selbst zu beweisen, dass er ein Detektiv war. Und kein Altenpfleger. Das konnte jeder sein. Aber ein erfolgreicher Detektiv; dafür bedurfte es Feingefühl, Geschick und Intelligenz. Vielleicht auch Skrupellosigkeit und die Bereitschaft zu lügen. Egal. Till Clemens würde es allen zeigen. Er würde diesen Fall aufklären.

Er marschierte in einen Billigdiscounter. Nach einer halben Stunde kam er, mit drei Tüten bepackt, wieder heraus. Daheim, Anprobe. Die Hälfte unbrauchbar. Zwei Hemden und eine Hose waren ganz passabel. Und eine schwarze Strickmütze. Die verlieh Till einen Praktikantenlook. Fand er zumindest. Er betrachtete sich im Spiegel. Er sah aus wie ein 18-Jähriger. Gut so.

Am Abend ging Till nochmal ins Büro. Er las die handschriftlichen Informationen von Herrn Lampert durch. Zum dreizehnten Mal! Till wollte alles richtig machen.

- 14 Uhr Arbeitsbeginn, bis 22 Uhr. Schlossallee 13. Code für die Stationstür: 45903. Dritter Stock. Station F – Kurzzeitpflegestation
- Kollegen: 1) Meike Stuart, Deutsche, 27 Jahre alt, engagiert, unauffällig, kompetent, Raucherin, geschieden, eingestellt seit 2 Jahren
- 2) Contenance de la Placa, Deutsche, 33 Jahre alt, ledig, eingestellt seit 6 Monaten
- Bewohneranzahl derzeit: 14
- Neue Zugänge: Herr Bernstein –2 Tage; Frau Singo – 2 Wochen; Frau Herbert – 5 Tage

Bei den Neuzugängen hatte Herr Lampert mit Rotstift vermerkt: besondere Beobachtung!!

Auffällig war, dass Lampert über Stuart mehr persönliche Information aufgeschrieben hatte als über de la Placa.

Till las weiter.

Kurzzeitpflegestation. Individuelle Betreuung für hilfs- und pflegebedürftige Personen. Rund um die Uhr. 14 Einzelzimmer, alters- und behindertengerecht eingerichtet. Aufnahme unter anderem, bei folgenden Gründen: Entlastung der pflegenden Angehörigen, Überbrückung zwischen stationärem Aufenthalt und Rückkehr nach Hause. Beziehungsweise Verlegung in ein Altersheim. Maximaler Aufenthaltszeitraum: 28 Tage.

Contenance saß daheim und wartete auf einen Freund. Der Tisch war gedeckt. Die Kerzen brannten. Im Wohnzimmer roch es nach Sandelholz, und der CD-Player gab Janis Joplin zum Besten. Eine große Leinwand wartete auf ihren Einsatz. Vor ihr ein großer Super-8-Projektor. Es fehlte nur noch der Gast. Plötzlich huschte ein grelles Licht durch Contenances Zimmer. Eine Hupe ertönte. Contenance warf sich einen Mantel über und eilte aus dem Haus.

„Ricardo!", rief sie freudig.

„Linda!"

Ein schäbiger Bully-VW-Bus stand in ihrer Auffahrt. Ricardo, ein braungebrannter Spanier, lächelte sie durch die kaputte Fensterscheibe seines Busses an. Er drehte den Zündschlüssel um, ohne dass das Auto ausging. Es rüttelte noch eine Weile weiter, bis es mit einem Ächzen absoff. Ricardo hüpfte aus dem Bus und nahm Contenance in den Arm.

„Linda, como estas?"

„Gut. Mir geht es gut! Du riechst lecker, mein Hübscher!"

„Solo el cacho." Ricardo zwinkerte ihr zu und tanzte mit Contenance Richtung Hauseingang.

„Hast du was für mich?", fragte sie grinsend, weil ihr Tanzpartner gerade vor ihr kniete. Und zwar nicht wie üblich mit einer Rose, sondern mit einem Löwenzahn im Mund.

„Si, Linda. Ich habe wunderschöne Imagen; wie sagt man?"

„Bilder. Aber in diesem Fall sind es Filme, keine Bilder."

„Bilder. Für meine Hübsche."

„Hat die Fahrt geklappt? Hast du sie gut über die Grenze gebracht?"

„Si. No Problema. Sie sind jetzt an einem besseren Ort. Grenze und Weg, kein Problem, habe doch Christophorus immer dabei, Linda. Ist Schutzpatron der Reisenden." Ricardo zeigte in seinen Bus. Es war dunkel. Man konnte nichts erkennen.

„Gut, dann komm erst mal rein. Ich habe gekocht. Und vergiss den Film nicht."

Ricardo spuckte den Löwenzahn aus und holte eine Papiertüte und einen großen weißen Seesack aus dem Bus, dann folgte er Contenance ins Haus.

Nach dem Essen kramte Ricardo eine Filmrolle aus der Tüte. Er installierte sie fachmännisch auf dem Projektor. Contenance machte das Licht aus und setzte sich auf die Couch.

„Und bitte", sagte er.

Zuerst sah man den Innenraum des VW-Busses. Die Aufnahmen wackelten. Dann ein plötzlicher Schwenk auf Ricardos Gesicht. Im Hintergrund weißer dicker Qualm.

„Wir sind da! Señoras y Señores. Willkommen in Francia", sagte er.

Ein schneller Zoom durch die dreckige Windschutzscheibe auf ein Schild. Sehr unscharf. Ein kurzes Wort, vielleicht Sar, oder War. Nein, Var.

Ja, das war es. Var. Der Zoom wurde immer schneller, und nun konnte man nur noch ein großes V erkennen.

„Mierda!", hörte man Ricardo noch schimpfen, bevor der Film abrupt schwarz wurde.

Contenance schaute zu ihm hinüber und lächelte ihn an. Er hob nur entschuldigend die Schultern.

Dann ging der Film weiter. Nun war alles gestochen scharf. Man hörte ein wohltuendes Rauschen. Wie weit entfernte Wasserfälle. Die Landschaft war atemberaubend schön. Man sah eine Schlucht. Rechts und links stiegen große weiße Felswände empor. Die teilweise mit dichtem Laub bewachsen waren. Umrahmt wurden sie von einem schwachen Rot. Die Sonne ging langsam unter. In der Schlucht schlängelte sich ein kleiner Fluss. Der in einem kleinen türkisfarbenen See endete.

„Wunderschön!", sagte Contenance, ganz in die Aufnahmen vertieft.

„Si. Maravillosa."

Nun zeigte der Film die Schiebetür des Bullys.

Eine Hand kam ins Bild und schob die Tür auf. Im Bus hockten drei Menschen. Zwei in Rollstühlen, eine Person saß auf einem normalen Autositz. Ein Mann. Er trug ein schwarzes Sweatshirt. Vorne ein großes Bild von Bob Marley.

„Señoras y Señores. Bitte aussteigen. Sie sind angekommen. Wir sind in den Schluchten des Verdon", sagte Ricardo.

Die Person, die auf dem Sitz saß, stand langsam auf. Behäbig und zittrig drückte sie sich an den Rollstühlen vorbei und trat ins Freie.

„Mein Herr Chuny!", rief Contenance erfreut.

Die Aufnahmen wackelten wieder, Ricardo hakte den alten, erschöpften Mann unter. Dann sah man vier Füße, die langsam vorwärtsschlurften. Danach wieder die Schlucht, kurz drauf das Gesicht des Herrn Chuny. Er weinte. Aber er schluchzte nicht. Lautlos rannen ihm die Tränen über die Wangen. Er atmete tief ein. Dann schaute er direkt in die Kamera. Er lächelte. Ein zufriedenes, erlöstes Lächeln. Und zahnlos.

„Danfe!", sagte er.

Contenance wischte sich die Tränen aus den Augen. Ricardo stupste sie liebevoll mit der Schulter an.

Herr Chuny wandte den Blick wieder der Schlucht zu. Ricardo marschierte zurück. Die zwei anderen Personen saßen aufrecht in ihren Rollstühlen und atmeten tief ein und aus. Sie lächelten beide erwartungsvoll in die Kamera. Schnitt. Der Film war wieder schwarz.

Die nächste Szene zeigte drei Personen von hinten, die sich dicht an der Schluchtkante befanden. Vor ihnen nun ein tiefroter Himmel.

Aus. Der Film war aus.

„Danke", sagte Contenance zu Ricardo und umarmte ihn. Ricardo gab ihr einen Schmatzer auf die Stirn.

„Linda", sagte er sanft. Ricardo nannte Contenance Linda. Was so viel wie Hübsche auf Spanisch bedeutet.

„Ich gehe jetzt erstmal einen rauchen", sagte er und stand auf. Contenance ging zum Projektor und baute alles ab. Sie räumte den Film in die Tüte zurück. Da war noch ein Film. Contenance hob den Seesack auf, der daneben stand. Sie wusste, dass sich darin dreckige Wäsche befand. Nachdem sie die Wäsche in den Waschraum gebracht hatte, ging sie nach draußen.

„Was ist auf dem zweiten Film?", fragte sie. Ricardo saß hinten in seinem Bully, die Schiebetür stand offen, und seine Beine baumelten. Er zog einmal kräftig an seinem Joint.

„Is von der Fahrt. Wir hatten viel Spaß auf dem Weg nach Francia."

„Können wir den morgen anschauen?"

„Si."

„Ich muss ins Bett, es ist schon spät. Brauchst du Decken oder Kissen?" Sie gab Ricardo den Zweitschlüssel ihrer Wohnung.

„No, habe alles hier. Nur keine hübsche Frau", er zwinkerte ihr zu. Ricardo war ein attraktiver Mann. Gute Figur, breite Schultern, schöne große Hände, Dreitagebart, eine weiche, braungebrannte Haut. Schwarze, halblange Haare, die immer unordentlich waren. Große dunkle Kulleraugen. Ein Prachtexemplar eines Latino. Und doch hatte Contenance noch nie etwas mit ihm anfangen wollen. Den genauen Grund wusste sie selber nicht. Vielleicht weil er rauchte oder weil er immer so chaotisch war. Oder weil er sozusagen ihr Geschäftspartner war. Sie wusste es nicht. Aber sie mochte ihn sehr. Er war ihr bester Freund. Ihr einziger Freund.

Dank ihres Freiheitsdrangs blieb Contenance nie lange an einem Ort. Ein paar Monate vielleicht, höchstens ein Jahr. Nachbarschaftsgeplenkel, Freundschaften und enge kollegiale Bekanntschaften ging sie nicht ein. Sie legte darauf keinen Wert. Ihr Herz schlug für die Freiheit. Für die Achtung. Ihre Liebe gehörte ihren verstorbenen Eltern – und Frankreich. Und ihrem besten Freund. Ricardo.

„Buenas noches. Schlaf gut in deinem Bus", sagte sie.

„Buenas noches, Linda", antwortete er.

13 Uhr. Till stand in seinem Schlafzimmer, vor einem Spiegel. Auf dem Bett Unmengen zerknüllter Kleidungsstücke. Till war nervös und unschlüssig, was er anziehen sollte. Noch eine Stunde. Dann musste er in der Schlossallee stehen. Möglichst angezogen. Till drehte dem Spiegel den Rücken zu und sah auf das Bett. Dann schloss er die Augen. Er griff in das Klamottenknäuel und zog etwas heraus. Er machte die Augen wieder auf. Gut, eine Hose. Ohne Beanstandung sich selbst gegenüber zog er sie an. Und so fuhr er fort, bis er komplett angezogen war. Ohne einen erneuten Blick in den Spiegel zu wagen, verließ er das Schlafzimmer.

10 Minuten vor 14 Uhr stand er vor den Toren des alten Gebäudes. Er schaute sich alles genau an. Wie viele Etagen hatte das Gebäude? Wie viele Parkplätze? Er sah eine Parkschranke vor der Einfahrt. Man musste also ein Ticket ziehen. Galt das auch für die Mitarbeiter? Oder hatten die eine Parkkarte? Auf der Datum, Uhrzeit und selbstverständlich die Identität festgehalten wurden?

Ein Auto kam angerast. Ein kleiner roter Flitzer. Halt an der Schranke. Ein Arm kam zum Vorschein. Eine Karte wurde durch einen Schlitz gezogen. Piepsen. Schranke auf. Das Auto raste weiter. Eine Frau stieg eilig aus. Sie schmiss sich eine große Handtasche über die Schulter. Zog noch mal heftig an ihrer halbgerauchten Zigarette und schmiss sie auf den Boden.

„Guten Tag. Ich bin Clemens. Entschuldigen Sie, wenn ich Sie einfach so anspreche. Aber ich soll heute hier mein Praktikum beginnen. Wissen Sie zufällig, wie ich in Station F komme?"

„Mir nach", sagte die junge Frau knapp.

Till eilte ihr hinterher. Punkt 14 Uhr stand er vor einer großen Tür. Neben der Tür war ein kleines Kästchen. Die junge Frau klappte den Deckel hoch und tippte Zahlen ein. 45903.

„Hereinspaziert. Ich bin übrigens Meike Stuart. Mit mir werden sie arbeiten."

Als sie in Richtung Rezeption gingen, sauste auf einmal eine Frau aus einem der Zimmer.

„Frau Herbert sitzt schon wieder auf dem Boden. Mich kotzt das hier alles so an!", brüllte die Frau.

„Herr Clemens, willkommen auf Station F", sagte Meike hämisch.

„Ich heiße Baster. Herr Baster. Mein Vorname ist Clemens", log Till.

„Ja dann, viel Spaß, Clemens. Ich bin Susi. Und ich habe jetzt Feierabend." Die Frau lächelte komisch und ging mit strammen Schritt zur Rezeption. Dort verschwand sie hinter einer Tür. Schwesternzimmer, las Till.

„Also, Clemens. Du willst ein Praktikum machen. Unser Chef hat uns nichts davon erzählt. Aber egal. Nun bist du hier, und ich werde dir gleich viele neue spannende Dinge zeigen." Meikes Stimme klang ironisch.

Plötzlich zuckte sie zusammen. Clemens folgte ihrem Blick. Er sah einen hochgewachsenen Mann. Ernste Miene, weißer Kittel. Till erkannte die Person. Es war Herr Lampert. Meike verstummte und nahm eine geduckte Haltung an. Sie hatte offenkundig Respekt vor diesem Herrn. Mehr Angst als Respekt, so schien es.

„Herr Lampert, guten Tag", sagte sie ehrfürchtig.

„Guten Tag. Gibt es heute besondere Vorkommnisse?", fragte er streng.

„Ich habe gerade mit meinem Dienst angefangen, Herr Lampert. Aber ich denke, es ist alles in Ordnung. Das hier ist unser Praktikant Herr Baster."

Till schaute Lampert an. Der drückte ihm die Hand, als sehe er ihn zum ersten Mal.

„Sie haben vermutlich vergessen, uns Bescheid zu sagen. Bezüglich eines Praktikanten", flüsterte Meike.

Lampert sah sie herablassend an. Meike schwieg.

Der Doktor setzte sich an den Schreibtisch und blätterte in verschiedenen Akten. Dann erhob er sich wortlos und zeigte auf den überfüllten Mülleimer.

Meike setzte sich unverzüglich in Bewegung und nahm den Eimer in die Hand.

Lampert ging den Flur entlang, schaute auf die Türen, als studiere er jedes Namensschild. Danach verließ er Station F.

„Das war der Chef. Ein unangenehmer Mensch. Aber keine Sorge, er kommt immer nur kurz auf die Station", sagte Meike erleichtert.

Till musste warten. Er durfte erst einmal nicht ins Schwesternzimmer. Da sich die Kolleginnen umzogen. Und der Raum keine getrennten Umkleidekabinen besaß, erklärte Meike. Dann verschwand sie ebenfalls hinter der Tür, in der Hand den kleinen Mülleimer.

Es piepste. Die Eingangstür öffnete sich. Eine schlanke Frau betrat den Flur. Braunes, lockiges Haar. Wanderschuhe, Jeans. Eine taillierte Marinejacke, darunter ein weißer Rolli. Kreolen an den Ohren.

Hübsch, dachte Till.

Die Frau öffnete auf dem Weg zur Rezeption alle Türen der Zimmer. Sie trällerte ein ständiges– ‚Hallo, meine Lieben!'. Till war gleich fasziniert von dieser Frau.

Dann war sie neben ihm angekommen.

„Ist es voll im Schwesternzimmer?", fragte sie.

Till musste grinsen. Contenance lächelte nicht. Sie hatte diese Frage offenbar ernst gemeint. Till wurde unsicher. Dann grinste sie doch und streckte ihm die Hand entgegen.

„Guten Tag. Ich bin Contenance. Ich arbeite hier. Und Sie?"

„Ich auch. Besser gesagt, ich soll hier ein Praktikum machen. Mein Name ist Clemens."

„Selber schuld? Oder wurdest du von der Schule geschickt?", fragte die hübsche Frau.

„Selber schuld. Ich möchte Altenpfleger werden. Und dachte, ich schau es mir erst mal an, bevor ich die Ausbildung beginne." Till klang wirklich wie ein Anfänger. Ein junger Bursche. Das hatte also schon mal geklappt.

„Wie würden Sie einen alten sterbenden Menschen ..." Contenance konnte ihre Frage nicht zu Ende stellen. Die Tür des Schwesternzimmers ging auf. Zwei Frauen, darunter Susi, traten eilig heraus.

„Hallo", sagte Contenance.

„Hallo. Es gibt nichts Neues. Ach doch, Frau Herbert sitzt wieder auf dem Boden", sagte Susi genervt.

„Hast du ihr nicht erzählt, sie habe Geburtstag? Gestern habe ich die Nachtwache angewiesen, Frau Bert alles Gute zum Geburtstag zu wünschen. Und die Kollegen gebeten, es euch weiterzusagen."

„Haben sie auch. Ich hab's vergessen. Außerdem hat sie nicht Geb ..."

„Schon gut. Kein Problem. Schönen Feierabend."

Till stand regungslos da. Der Ton zwischen den Frauen war herb.

„Wollen Sie jetzt rein oder nicht?" Contenance stand vor ihm und hielt ihm die Tür auf. Ein karger weißer Raum. Kleiner Tisch in der Mitte. Eine Kochnische, im Becken zwei schmutzige Kaffeetassen. An der Wand einige hohe, schmale Blechcontainer.

„Du kannst einen von meinen Kitteln haben", sagte Meike und reichte ihm einen.

„Wo zieht ihr euch um?"

„Na hier." Contenance zog ihre Jacke aus. Ihre Ohrringe und ihre klobigen Schuhe. Dann schlüpfte sie in weiße Gesundheitsschlappen und einen weißen Kittel.

„Fertig", sagte sie.

„Du musst morgen andere Schuhe mitbringen!", sagte Meike und zeigte auf Tills Straßenschuhe.

„O.k."

„Dann mal los."

Contenance schob Till in Zimmer Nummer 4.

„Frau Bert, guten Morgen! Schauen Sie mal. Ich habe Ihnen einen feschen jungen Burschen mitgebracht." Sie zeigte auf Till.

Till lächelte unsicher. Er sah eine Frau, die mit nackten Beinen auf dem Boden hockte. Die Beine angewinkelt. Den Kopf gegen die Wand gelehnt. Man sah einen Teil ihrer Windel. Das Nachthemdchen war hochgerutscht. Die weißen Haare waren zerzaust. Sie summte kratzig ein Lied vor sich hin. Dann schaute sie ihn an. Erwartungsvoll summte sie lauter. Till wurde es mulmig.

Besinn dich, dachte er, du hast schließlich alles gelernt, was man für diesen Job braucht. Er erinnerte sich an die Handgriffe, die man bei Alten anwenden muss, um sie nicht zu verletzen. Sie niemals zerren, sondern langsam, aber mit festem Griff aufrichten. Was man machen sollte, wenn jemand summte und wollte, dass man das Lied errate, das hatte er nicht gelernt.

„Haben Sie heute Geburtstag?" fragte Contenance.

Die Alte nickte. Dann streckte sie hilflos die Arme aus.

Till stand da wie festgefroren. Contenance nahm sich der Frau an. Im Nu saß sie auf dem Besucherstuhl in ihrem Zimmer.

„Wir duschen jetzt. In Ordnung?"

„Fa", sagte die Alte.

„Keine Zähne. Wie immer. Ich könnte meine Kolleginnen zum Mond schießen!"

Till vermerkte diese Äußerung in seinem Kopf. Dann musste er mit ins Badezimmer, sein erster Einsatz. Er stützte die wackelige Frau und setzte sie auf den Duschstuhl. Dann begann er sie zu waschen. Contenance schaute zu. Clemens hatte Talent. Er machte alles sehr behutsam und richtig.

Nach dem Duschen brachten sie Frau Bert in den Speisesaal. Drei Personen saßen am Tisch. Sie hatten jeder einen Becher grüne Grütze vor sich stehen. Aber nur einer aß.

„Mmmh. Grütze!", sagte Contenance. Sie klaute einem alten Herrn den Löffel. Dann begann sie, ihm seinen Becher leerzufuttern.

Till schaute zu. Er fand Contenance klasse. Die Alten mussten lachen. Dann fingen auch sie an zu essen.

Contenance klaute sich noch einen Keks vom Tisch. Und knuddelte eine Frau.

Dann ging sie an Till vorbei zur Fernsehecke. Till beobachtete, wie sie die Bewohner aus den Zimmern holte. Wie sie den Radiosender wechselte. Wie sie Frau Schinn in Zimmer 9 brachte. Wie Till feststellte, lag dort ein Mann, der sich nicht rühren konnte.

Contenance erledigte all ihre Arbeit scheinbar ohne Mühe. Windeln wechseln, waschen, Essen ausgeben, Medikamente verteilen, Betten frisch beziehen nach einem kleinen Malheur eines Bewohners, den Papierkram ausfüllen. Sie fand dennoch viel Zeit, mit den Alten zu schwatzen. Hatte immer einen Schabernack bereit. Und mischte sich mit Vorliebe in irgendwelche Gespräche ein. Sie unterhielt auch prächtig die Angehörigen, die tagsüber zu Besuch kamen und meist nicht so recht wussten, was sie reden sollten mit den Greisen.

Sie cremte die Bettlägerigen ein, sie wendete sie vorsichtig. Und zwar alle zwei Stunden. So, wie sich das gehörte. Alle zwei Stunden, erkläre sie Till. Und sie erwähnte trotzig, dass sie die Einzige war auf dieser Station, die sich an diese Notwendigkeit hielt. Sie verdeutlichte ihm die Dekubitusgefahr durch Druckbelastung. Auflagedruck. Sie sprach von Mangeldurchblutung und absterbendem Gewebe. Sie trichterte ihm ein: Wolle man eine erfolgreiche Dekubitusprohylaxe machen, sei unbedingt auf eine Verbesserung der Sauerstoffversorgung des Blutes und somit auch der Haut zu achten. Luftringe aus Gummi und Federkissen seien ungeeignet. Weil diese neue Druckstellen erzeugten. Wechseldruckmatratzen oder Fersenschützer, Gelkissen, 30-Grad-Schräglagerung, die Fünf-Kissen-Methode, Kopf-, Rücken-, Ober-, Unterschenkel- und Fußkissen seien bessere Alternativen.

Druckverweilzeiten seien zu mindern. Kurz: Die Mobilisierung des Bewohners sei das A und O. So Contenances Ansicht. Till bemerkte, dass dieses Dekubitusthema seiner Lehrerin offenbar sehr am Herzen lag. Er suchte in seinem Oberstübchen nach diesem Begriff.

Decubare bedeutete liegend. Jedenfalls glaubte sich Till an diese Übersetzung zu erinnern. Wundliegen. Eine offene Stelle am Körper, die zu Infektionen führen kann. Ein tiefes, fauliges Druckgeschwür. Manchmal bis zum Knochen reichend. Zumindest, wenn es Schweregrad 4 besaß. Er verdrängte den Gedanken. Till beluchste de la Placa weiter in ihrem Arbeitsalltag.

Sie war sich nicht zu schade zu putzen oder die Regale mit frischen Handtüchern und Waschlappen aufzufüllen. Räumte Mitbringsel der Verwandten in die richtigen Schränke. Schaute, was fehlte. Zum Beispiel frische Getränke, Zahnbürsten oder Haftcreme. Gegen Abend brachte sie die Bewohner zu Bett. Dabei ging sie auf die Bedürfnisse der Bewohner ein. Manche hatten keine Lust ins Bett zu gehen. Sie mussten nicht. Sehr zum Ärger der Nachtwachekollegen. Denn nun lag es an ihnen, die Alten ins Bett zu bringen.

„Das sind die Kollegen. Herr Seif und Frau Hamm", stellte Meike um 22 Uhr die Nachtwache vor.

„Das ist unser Praktikant Clemens", erklärte Meike.

„Guten Abend."

39

„Guten Abend."

„Wo ist Miss Wirbelwind?", fragte Herr Seif Meike. Er klang nicht nett.

„Sie ist bei Frau Singo."

Till beobachtete eingehend die drei Personen. Meike hatte eine nette Ausstrahlung. Eine kleine Frau, die meist lächelte. Jedoch sah man ihr an, dass dieser Job sie mitnahm. Sie hatte hängende Schultern. Und sie wirkte manchmal gestresst und hastig. Als ginge ihr die Zeit aus.

Die beiden von der Nachtwache hatten Augenringe. Und hatten keinerlei freundliche Züge in ihren Gesichtern. Eher entschlossene, ernste Mienen. Sie erinnerten Till an die britischen Wachtposten des Buckingham Palace. Die beiden schauten missmutig in die Fernsehecke. Zwei Bewohner saßen ruhig auf dem Sofa. Alle Türen standen offen. Für einen Moment schaute das Vierergrüppchen still und gedankenverloren den Flur entlang.

„Ach, meine liebe Contenance."

„Ja, wollte dich noch mal drücken." Contenance drückte Luna herzlich.

„Wie lange muss ich noch warten?"

„Noch drei Tage, meine Liebe. Dann hast du es geschafft!"

„Ich bin dir so unendlich dankbar!", sagte Luna, und ihr stiegen die Tränen in die Augen.

„Ruhig!", befahl Contenance. Sie griff in den Mund von Luna und entledigte sie ihrer Zähne. Dann streichelte sie ihren Kopf.

„Ganz ruhig. Du hast es bald geschafft!"

Aus einem der Zimmer trat gerade Contenance. Sie sah mitgenommen aus. Als sie die Blicke der anderen bemerkte, fing sie an zu lächeln.

„Guten Abend. Das Übliche. Und sagt der Frühschicht, die Kekse auf dem Tisch im Speisesaal schmecken nicht. Man sollte eine andere Sorte kaufen."

Till und die beiden Frauen gingen.

„Also bis morgen", sagte Contenance. Sie ging zu einem Fahrrad, das an der Wand lehnte.

Sie hat kein Auto, dachte Till. Das heißt, sie hat keine Karte für den Parkplatz. Und das heißt, er würde Contenance nicht anhand der Daten überwachen können. Nur Meike.

„Wollen wir noch was trinken gehen?", fragte Meike.

Till war abwesend. Er blickte Contenance nach.

„Warum nicht?", hörte er sich sagen.

Contenance kam an ihrem Haus an. Sie lehnte ihr Fahrrad an die Wand. Dann ging sie an den Bully und klopfte laut.

„Si!", erklang eine dumpfe Stimme.

„Kommst du rein?"

„Si."

Die Schiebetür wurde aufgeschoben. Es knarrte laut.

„Meine Linda!" Ricardo strahlte sie an. Er sah verschlafen aus.

Nach dem Essen setzten sie sich gemeinsam auf die Couch. Contenance schenke ihnen Wein nach. Kerzen brannten, es roch nach Agarholz, und Joss Stone war zu hören.

„Ich habe eine freudige Nachricht für dich. Rate, wohin die nächste Reise geht!", sagte Contenance. Sie war glücklich. Sie strahlte.

„No. Ich weiß nicht ..."

„Nach Spanien!"

„No! Im Ernst? Ich darf nach Hause? Fantastico!" Ricardo sprang auf. Er trank sein Glas mit einem Schluck aus. Dann kreiste er die Hüften. Er ging auf Contenance zu und küsste sie. Auf den Mund.

„Ist ja gut. Setz dich."

„Si."

„Du fährst nach Cadaqués! Ist das was?" Sie lächelte und stupste ihn an.

„Ah ... Cadaqués! Si. Katalonien. Linda! Muchas gracias!"

Er stand wieder auf und schnappte sich Contenance. Er hob sie hoch und warf sie von rechts nach links. Sie fühlte sich wie ein kleines Kind, das von starken Männerhänden hochgeworfen wurde.

Später, nachdem Ricardo sich wieder beruhigt hatte, sprachen sie über die Fakten.

„Es handelt sich um zwei Personen", sagte Contenance.„Herrn Gipfel und Frau Singo. Warst du schon mal in Cadaqués?"

„Si. Ich habe das Haus von Dalí besucht. Ist aber schon lange her."

„Du musst einen geeigneten Platz finden!"

„Wenn ich mich recht erinnere, kann man zu einem Leuchtturm fahren. Am Meer entlang. Die Küste ist schroff und felsig. No? Ich finde schon eine Stelle, Linda. No Problema."

„Ich weiß. Du machst das schon. Du hast bisher immer einen Ort gefunden. Ach, Ricardo." Sie seufzte.

„Willst du mitfahren?"

„Eigentlich gerne."

„Und uneigentlich?"

Sie lächelte und stupste seine Nase mit ihrem Zeigefinger an.

„Ich kann nicht. Das ist zu auffällig. Ich kann nicht verschwinden, wenn es gerade zwei Tote gab. Verstehst du?"

„Si."

Sie schaute Ricardo tief in die Augen.

„No, no, Señora! Nicht mich hypnotisieren!"

Contenance wandte ihren Blick geniert ab.

„Herr Gipfel ist Witwer", sagte sie, um abzulenken.

„Witwer seit 20 Jahren. Mit 70 hat er seine Frau verloren. Er hat einen Sohn. Keine Enkel. Herr Gipfel ist bei klarem Verstand. Seine Vergesslichkeit übersteigt den Normalwert eines 90-Jährigen nicht. Einzig seine Inkontinenz ist zu erwähnen. Du musst also diesmal Windeln mitnehmen. Ansonsten leidet er an keiner Krankheit. Nur an der Einsamkeit."

„Linda, er hat einen Sohn. Wir nehmen keinen mit, der noch Verwandtschaft hat. No?"

„Eigentlich ja. Aber ich habe probiert, den Sohn anzurufen. Beim dritten Versuch hatte ich ihn an der Strippe. Ein Gespräch über Kosten und große Entfernung. Über familiäre Streitigkeiten und Blumenversandhäuser. Und die Frage, ob das Heim Schönfrack sich nicht um die ganze Sache kümmern könne. Er hat kein Interesse an seinem Vater. Glaub mir."

„Tambien."

„Die zweite Person ist Luna Singo. Sie ist fabelhaft." Contenance lächelte. Sie hatte ihre Frau Singo wirklich sehr lieb gewonnen.

„Luna hatte vor zwei Wochen ihren vierten Schlaganfall. Sie sitzt also im Rollstuhl. Hast du noch die Vorrichtungen im Bus?"

„Si. Sind noch drin."

„Lunas rechter Arm ist gelähmt und gefühllos. Ebenso ihr Bein. Also sei vorsichtig. Sie hat eine

44

Brille, die sie nicht trägt. Ich werde sie dir einpacken. Für die Reise wird sie sie brauchen. Windeln, Medikamente, Nahrung und so weiter werde ich dir auch mitgeben."

„Linda, du bist heute so nervös. Ich weiß, dass du mir immer die nötigen Sachen mitgibst. Was ist mit dir?"

„Hast du den Film vernichtet?"

„Si. Verbrannt. Wie immer. Aber das ist es nicht, was dich beschäftigt!"

„Wir haben heute einen Praktikanten bekommen. Clemens."

Ricardo verdrehte die Augen. Konkurrenz.

„So", sagte er knapp. Ihm missfiel die Neuigkeit. Contenance kannte diesen eifersüchtigen Tonfall ihres Freundes.

„Aber nein, du Dummkopf. Er gefällt mir nicht. Ich finde ihn seltsam. Also erstens wurden wir nicht über einen Praktikanten informiert. Und zweitens hat er seine Sache sehr gut gemacht. Zu gut für einen unerfahrenen Anfänger. Er hat sich in keinem Handgriff geirrt. Er musste nicht lachen, wie die bisherigen Praktikanten, als ich ihn mit dem Ausdruck Schinkengang konfrontiert habe. Er wusste, was ich mit den Begriffen AZ und EZ meine. Allgemeiner Zustand und Ernährungszustand. Er hat Frau Bert geduscht, als mache er das jeden Tag. Ohne Hemmungen, einen runzeligen, verschissenen Arsch zu waschen. Ohne sich bei mir abzusichern, ob das richtig ist, was er da macht."

„Ah", Ricardo lächelte wieder.

„Vielleicht kennt er es", sagte er.

„Du meinst, er hat jemanden in der Familie, den er pflegt?"

„Ja."

„Könnte eine gute Erklärung sein."

„Ich gehe jetzt meditieren und dann ins Bett. Die nächsten zwei Tage sind wichtig. Ich brauche Kraft."

Contenance stand auf. Ricardo zog sie am Arm zu sich hinunter. Seine Augen lächelten. Er gab ihr einen Kuss auf die Stirn.

„Ich brauche noch ein Rezept, Linda. Und sind meine Klamotten fertig?"

„Ja, Wäsche ist fertig. Das Rezept besorge ich dir. 300 Gramm. Reicht das?"

„Si, si. Formidable!" Ricardo war entzückt.

„Vielleicht 400 Gramm?", fragte er.

„Du solltest nicht so viel rauchen, Amorcito."

Till war wieder zu Hause. Er hatte eine schlechte Pizza gegessen und ein lauwarmes Bier gekippt. Seine Klamotten stanken nach Rauch. Er hatte Belangloses mit Meike gesprochen. Zwei Stunden lang. Dann hatte er die Rechnung bezahlt und seiner Begleiterin in den Mantel geholfen. Sie hatte ihn nach Hause gefahren. Nun stand er im Bad. Nackt, putzte sich die Zähne. Es war kurz nach Mitternacht, er war müde. Im Bett lag er wach. Contenance ging ihm nicht aus dem Kopf. Contenance de la Placa. Was für ein Name. Was für eine Frau. Er kannte sie kaum. Eigentlich gar nicht. Aber er war ihr verfallen. Er bewunderte sie. Keine Sexgedanken. Nein. Diese Frau war kein steiler Zahn. Keine Sünde auf zwei Beinen. Sie hatte mehr als eine Zeitschriftentussy. Sie war so engagiert. So einfallsreich, kreativ und lustig. Ihr Wesen war so ehrlich und sanftmütig. Eine ungeschminkte Schönheit.

Contenance de la Placa sollte ein Todesengel sein? Was war ein Todesengel? Till ordnete seine Gedanken. Für ihn war so eine Person eine, die Leid nicht ertrug. Die leicht wahnsinnig war. Die bereit war, einen Mord zu begehen, mit der Entschuldigung, seinem Opfer helfen zu wollen. Ein Mensch der angstlos war gegenüber Gewissen und Justiz. Der überzeugt war von der Sache. Überzeugt davon zu morden. Till fand seine Ansicht zu harmlos. Es ging um Mord! Diese Menschen töten. Mit

Hilfe von Gift oder Medikamentenüberdosis oder anderem. Sie töten, weil sie es für richtig halten. Sie urteilen über Leben und Tod. Sie spielen Gott. Sie rauben Menschen den letzten Lebenshauch.

Till warf sich hin und her. Er fand keine Ruhe. Irgendwie kam er auf keinen klaren Gedanken. War er gegen das Handeln eines Todesengels – oder war er dafür?

Natürlich war er dagegen. Mörder konnte er nicht unterstützen.

Er konzentrierte sich auf Meike. Sie hatte zwischen ihren langweiligen Gesprächen auch über Contenance gesprochen. Sie hatte ihm erzählt, dass sie nicht immer verstand, was de la Placa so trieb auf Station F. Dass sie fand, Contenance verarsche die Alten. Auf der anderen Seite sei ihre Kollegin effektiv. Sie hatte für jede Situation eine Lösung. Die anderen Kollegen aber seien nur genervt von Contenance ... Contenance ... Conte ... Till schlief ein.

Contenance wurde von der Sonne geblendet. Neben ihr stand Meike und zog heftig an ihrer Zigarette. Die Frauen standen vor dem Altersheim. Ein großes graues Gebäude. Acht Stockwerke hoch. Moderner Baustil, mit vielen Balkons und Fenstern. Und doch hatte das Gebäude keine frische, neuzeitliche Ausstrahlung.

„Können wir?", fragte Contenance.

„Ja." Meike schnippte ihre Kippe weg.

Piepsen. Begrüßung und Verabschiedung der Kolleginnen.

Contenance hatte gerade den Radiosender gewechselt, als es wieder piepste. Clemens kam in den Flur.

„Morgen."

„Guten Morgen."

Meike eilte aus einem der Zimmer.

„Guten Morgen", sagte sie freudig. Sehr freudig. Als würde sie Clemens nun gut kennen und ihn heute zu einem Rendezvous nach Hause einladen wollen.

Clemens erwiderte ihre Freude nicht. Er war k.o. Er hatte kaum geschlafen – und dementsprechend fühlte er sich. Müde und griesgrämig. Till war es nicht gewohnt, nach Mitternacht ins Bett zu gehen, um dann bis mittags zu schlafen, damit er um 14 Uhr seinen Dienst antreten konnte.

„Moin", sagte er in einem gequält freundlichen Ton zu Meike. Die ignorierte seinen Tonfall und schob ihn in ein Zimmer.

„Ich muss mich noch umziehen", sagte Till. Er hielt in der rechten Hand weiße Gesundheitsschuhe. Die hatte er noch zu Hause gehabt, von seiner damaligen Ausbildung.

„Oh. Du hast Schuhe gekauft. Toll!", entzückte sich Meike.

„Ich wollte dir nur sagen, dass es mir gestern sehr gut gefallen hat. Und dir danken für den schönen Abend", sagte Meike und lächelte geniert.

„Ich hätte mit Ihnen auch gerne einen schönen Abend verbracht", erwiderte ein alter Herr lächelnd. Sie standen in Zimmer 14. Das Heim von Herrn Schnuß.

Till eilte aus dem Zimmer. Peinlich, dachte er. Er ging ins Schwesternzimmer und zog sich um. Contenance fing ihn ab, als er wieder herauskam.

„So, mein Praktikant", sagte sie lächelnd.

„Heute musst du über unsere Station was lernen. Theorie. Bäääh. Ich weiß. Aber das gehört dazu. Und danach hätte ich gerne, dass du dich allein um Frau Bert kümmerst. Wenn du damit fertig bist, verteilst du Kaffee und Kuchen, so um 16 Uhr. Und dann duschst du Frau Maier, in Zimmer 10. Herrn Busert, in Zimmer 12, muss man wenden und ihm den Decubiti versorgen", befahl Contenance.

Meike kam hinzu.

„Ich ...", Contenance schaute in das aufgeregte Gesicht von Meike. Dann wandte sie sich wieder Till zu.

„Ich oder Meike werden dir helfen. Keine Sorge." Meike wich keinen Millimeter mehr von Tills Seite. Contenance kam das sehr gelegen. Sie hatte nun Zeit, sich um Frau Singo zu kümmern. Meike war es zu wünschen, sich endlich wieder einen Typen zu angeln. Ob es nun ausgerechnet der Praktikant sein musste, blieb zunächst dahingestellt. Ein 18- oder 20-Jähriger. Egal. Meike hatte mit ihrem Ehemann Pech gehabt. Und man wünschte ihr nun eine Beziehung, die funktionierte. Meike war gerade mal 27 Jahre alt.

Als die zwei „Verliebten" in Zimmer 10 verschwanden, ging Contenance zu Luna.

„Luna, es ist so weit." Contenance schloss die Tür hinter sich.

„ Ja? Heute? Ich kann es kaum erwarten!", sagte die alte Frau.

„Morgen, mein Schatz. Morgen. Aber ich muss heute schon damit anfangen."

Contenance näherte sich und nahm Lunas Hand. Die alte Frau schnappte nach Luft. So aufgeregt war sie, dass sie plötzlich ein ganz rotes Gesicht bekam.

„Beruhige dich!"

„Ich bin so aufgeregt. Spanien! Cadaqués! Meine liebe Contenance. Du weißt gar nicht, was du mir für eine Freude machst!"

„Ich mache alles für dich. Das weißt du doch. Aber wenn du dich nicht beruhigst, kann ich nicht anfangen."

„Erklär's mir nochmal!" Luna schaffte es einfach nicht, ruhiger zu werden. Die Anspannung ließ ihre nicht gelähmten Muskeln zucken.

„Ich werde dich in einen sanften, idyllischen Zustand verfallen lassen. Sagen wir besser, gedämpften Zustand. Du wirst regungslos und still. Deine Körperfunktionen werden sich peu à peu verlangsamen. Herzschlag und Atmung. Die inneren Organe verfallen in eine Art Winterschlaf. Du wirst sozusagen gemächlich sterben. Natürlich wirst du nicht wirklich sterben. Das habe ich dir schon erklärt."

„Ja", die alte Frau zwinkerte hektisch. Sie hatte jegliche Kontrolle über ihre Muskeln, seien sie noch so klein, verloren.

„Wie die Vögel, die ihre Reise antreten. Sie können auf dem Weg ihre Organe verkleinern, um leichter zu sein für ihre lange Reise gen Süden. Sie zapfen die Organe sozusagen an, als Energiequelle. Und sie kommen dort an, wo sie hinwollen."

„Ja. Ein Vogel will ich sein. Und ich will nach Spanien! Nach Cadaqués."

„Du schaffst das. Aber jetzt zählt nur eines: Hör mir zu und werde ruhig!", sagte Contenance mit ernster Stimme. Innerlich war sie selbst unruhig.

Contenance konzentrierte sich. Sie schaute Luna mit erweiterten Pupillen an. Contenance flüsterte leise. Dabei verlor sie nie den Augenkontakt zu

Luna. Die alte Frau wurde ruhiger. Immer ruhiger. Kein Muskelzucken mehr. Keine heftige Atmung. Alles wurde leicht um sie. Und unwirklich. Bald starrte sie unbeweglich ins Leere. Die Pupillen der alten Frau waren regungslos, genauso wie ihr gesamter Körper.

Till betrat das Zimmer, gefolgt von Meike. Er sah Contenance dicht über Frau Singo gebeugt. Contenance flüsterte etwas.

„Ich soll hier Windeln wechseln", sagte er, und seine Stimme hallte unangenehm laut durch das Zimmer.

Contenance zuckte fast unmerklich zusammen. Till hatte es dennoch bemerkt. Sagte aber nichts.

„Leise. Frau Singo ist gerade eingeschlafen", flüsterte Contenance.

„Dann machen wir es eben nachher", erwiderte Meike.

Contenance erhob sich aus ihrer gekrümmten Haltung. Sie ging komödiantisch auf Zehenspitzen an den anderen vorbei. Dabei streifte ihr Blick Till. Er sah in erweiterte Pupillen. Man hätte hineintauchen können, so groß waren sie. Till wurde es schummrig. Solche Augen hatte er noch nie gesehen. Außerirdisch und magisch. Was für eine Frau, dachte er. Und dieser Gedanke war nicht neu. Er verfiel Contenance jedes Mal aufs Neue, sobald er ihr begegnete. Dabei hatte er kein Recht dazu. Er war der Detektiv. Der Ermittler. Und zwar ermittelte er gegen diese Frau. Er musste objektiv bleiben. Nüchtern und unparteiisch.

Alle drei verließen das Zimmer. Contenance bog in das Zimmer von Herrn Bernstein ab. Der Raum war leer. Sie suchte ihn auf der Terrasse. Dort saßen Herr Gipfel, Frau Bert und weitere Bewohner in der Sonne. Frau Bert sah gut aus. Schön zurecht gemacht. Selbst ihre Haare waren ordentlich gekämmt.

Clemens macht seine Sache wirklich gut, dachte Contenance. Und es beschlich sie abermals das Gefühl, dass dem jungen Burschen die Arbeit zu einfach von der Hand ging. Sie lächelte in die Runde. Die Alten nickten ihr zu, Herr Gipfel winkte.

Sepp ist morgen dran, dachte Contenance. Dann suchte sie weiter nach Herrn Bernstein. Er war unauffindbar. Sie hatte die komplette Station durchforstet. Nichts. Und es war unmöglich für einen schwachen Bewohner, Station F auf eigene Faust zu verlassen. Die Eingangstür ließ sich nur schwer öffnen. Sie drehte sich um und sah noch mal auf der Terrasse nach. Diese war von einer zwei Meter hohen Betonwand umzäumt. Kein Bewohner würde es jemals über diese Mauer schaffen. Höchstens ein junger durchtrainierter Athlet. Contenance wurde langsam unruhig. Ein Parkinsonpatient verschwindet nicht einfach so. Er müsste schon fliegen können ... Contenance stockte der Atem. Fliegen, wie die Vögel. Luna. Oh nein! Sie stürmte in das Zimmer von Frau Singo. Meike stand vor der offenen Badtür. Sie war blass und blickte auf den Boden. Contenance folgte ihrem Blick. Herr Bernstein lag regungslos neben dem Waschbecken.

„Lass mich durch!", rief Contenance und schob Meike unsanft beiseite.

„Herr Bernstein? Hallo? Können Sie mich hören?" Der alte Mann atmete. Das war schon mal gut. Er öffnete langsam die Augen. Er sah nicht ängstlich aus. Seine Augen waren glasig. Contenance gab ihm Klapse auf die Wangen. Der Alte hob leicht die Mundwinkel. Er lächelte kaum merklich. Contenance fühlte seinen Puls. Dann nahm sie ein Handtuch und legte es ihm unter den Kopf.

„Meike, hol eine Trage. Schnell!"

Meike ging wortlos aus dem Zimmer. In ihrer Hand zwei Zahnreihen. Die hatte sie eigentlich für Luna im Bad säubern wollen. Aber nun lag da der Alte.

„Frau Singo sieht seltsam aus!", rief auf einmal Clemens.

„Komm her und hilf mir!" Contenance ging nicht darauf ein.

Clemens kam ins Bad.

„Heb seine Beine hoch."

„So?", fragte Till.

„Ja. Sie Idiot!", fauchte Contenance.

„Bitte?" Till war erstaunt.

„Nicht du. Er!" Sie schaute Herrn Bernstein an.

Meike kam mit einer Trage ins Zimmer geeilt. Dann ging alles sehr schnell. Nach zehn Minuten lag Bernstein in seinem Bett.

„Ich muss erstmal eine rauchen. Mir sitzt der Schreck immer noch in den Knochen."

Contenance schaute Till an. Sie schien zu erwarten, dass auch er nach so einem Erlebnis eine Pause brauche.

„Ich muss mal frische Luft schnappen. Ist das in Ordnung?"

„Natürlich, Praktikant Clemens."

Till gefiel diese Aussage nicht. Ebenso missfiel ihm Contenances Gesichtsausdruck.

Als Contenance endlich allein mit Bernstein war, schimpfte sie mit ihm.

„Timo! Was soll der Unsinn! Was hatten Sie in Lunas Zimmer verloren? Und das ohne Ihre Gehhilfe. Verdammt noch mal!"

Der Alte lächelte schwach.

„Hören Sie auf zu lächeln. Das ist nicht witzig! Sie hätten sich das Genick brechen können. Törichter alter Mann!"

Timo lächelte immer noch. Contenance musste auf einmal selbst grinsen.

„Du bist unmöglich, Herr Bernstein. Als ich dich gefragt hatte, ob du laufen kannst, wollte ich nicht, dass du gleich auf Wanderschaft gehst. Ein Wunder, dass du es überhaupt so weit geschafft hast. Mit deiner Krankheit kann man gar nicht ..." Contenance stockte. Ihr fiel wieder ein, warum sie in Lunas Zimmer nach ihm gesucht hatte. Sie betrachtete Timo eingehend. Er zitterte nicht. Seit er hierher eingeliefert worden war, hatte er gezittert. Bedingt durch seine Parkinsonerkrankung. Und jetzt waren seine Muskeln regungslos. Er lag friedlich da. Schmerzfrei, wie es schien. Sie fühlte noch einmal seinen Puls. Niedrig. Sehr niedrig. Atmung flach. Körpertemperatur kühl.

Kein Zweifel, er musste bei der Hypnose von Luna bereits im Bad gewesen sein. Hatte alles gehört und war selbst hypnotisiert worden. Verdammt.

„Mierda!", flüsterte Contenance.

„Herr Bernstein, haben Sie alles gehört?"

Timo lächelte immer noch, zudem hob er jetzt schwach die Augenbrauen.

„Herr Bernstein, das geht nicht! Ich werde Sie jetzt wieder zurückholen!"

Der Mann verlor schlagartig sein freundliches Gesicht. Alles sackte in sich zusammen. Die Mundwinkel hingen nach unten. Und Contenance glaubte zu erkennen, dass er versuchte, seinen Körper zu bewegen. Er wurde steif. Er verkrampfte sich.

„Timo, hören Sie auf. Die Hypnose war nicht für Sie. Ich kann Sie nicht mitnehmen!"

Sie sah dem alten Körper zu, wie er sich grämte.

Verflucht. Was sollte sie jetzt tun? Dann sah sie eine Träne. Sie kullerte über den Wangenknochen und tropfte in Timos Ohr.

„Ist schon gut. Ich nehme Sie mit." Contenance war sich nicht klar über die Konsequenzen. Aber sie schaffte es nicht, Herrn Bernstein hierzulassen. Sie konnte es einfach nicht.

Till stand draußen auf der Terrasse. Er blickte auf vier Bewohner, die in Decken gehüllt die Sonnenstrahlen genossen. Ein kleines frühlingshaftes Lüftchen wehte über die Veranda.

Er bekam Rauch in regelmäßigen Abständen ins Gesicht. Meike stand neben ihm. Sie bewegte sich nervös. Sie zupfte an ihren Haaren herum. Till war sauer. Er ärgerte sich über sich selbst. Contenance hatte den Braten gerochen. Dessen war er sich sicher. Vermutlich ahnte sie nicht, dass er ein Detektiv war. Aber irgendetwas hatte sie bemerkt. Till dachte nach. Was für einen auffälligen Fehler hatte er gemacht? Er kam nicht darauf. Und dann fiel es ihm wie Schuppen von den Augen. Der Fehler war, dass er eben keinen gemacht hatte. Er war zu perfekt gewesen. Ein Praktikant war unsicher. Er fragte die Kollegen Löcher in den Bauch. Er würde das Duschen und Wickeln abstoßend finden.

Dumm, dachte Till. Gelernt ist gelernt. Wie Fahrrad fahren. Er hatte sich nicht genügend darauf vorbereitet, einen Praktikanten zu spielen. In welchen Schlamassel hatte Herr Doktor Lampert ihn da nur gebracht? Was sollte er jetzt tun? Plötzlich alles falsch machen? Oder gar nichts mehr machen, weil er es ja nicht wissen konnte? Nein. Dafür war es zu spät. Till sah Meike an.

Und die habe ich auch an der Backe, dachte er.

Contenance kam nach draußen.

„Was war mit Frau Singo?", fragte sie ohne Um-
schweife.

„Sie liegt sehr still da."

„Sie schläft."

„Nein. Wir haben sie geweckt, als wir in ihr Zimmer gekommen sind. Sie musste ihre Medikamente
schlucken. Dann hat Meike ihr die Zähne raus-
genommen." Till schaute zu Meike.

„Sie kann sie ohne Zähne besser schlucken", sagte
Meike in Richtung Contenance. Es klang wie eine
schroffe Entschuldigung. Uneinsichtig.

„Sie kann den Trinkhalm besser in den Mund
nehmen ohne die Dinger", fügte sie hinzu.

„Weiter", sagte Contenance gelangweilt.

„Ich habe ihren Blutdruck gemessen. Temperatur
und so weiter. Sie hat die ganze Zeit über keinen
Mucks von sich gegeben. Fast apathisch. Außerdem waren ihre Werte allesamt zu niedrig", erklärte Till. Und merkte, dass er sich fachmännisch
anhörte. Egal. Er war eben ein schlauer Praktikant.
Was soll's.

„Dir ist schon klar, dass wir auf einer Kurzzeitpflegestation sind. Dass wir eine Station in einem
Altersheim sind. Nicht in einem Kindergarten. Und
es soll vorkommen, dass alte Menschen in einem
Altersheim sterben." Contenance klang gereizt.

„Aber gut, dass du dich um die Sache kümmerst.
Mit dem nötigen Ergeiz. Beobachte sie weiter so
intensiv. Und berichte mir darüber."

Nun klang sie komisch. Gar nicht wie Contenance.

„Wie geht es Bernstein?"

„Besser", antwortet Contenance knapp.

Sie ging wieder hinein. Setzte sich an den Rezeptionstisch und zog aus einem Regal einen Ordner heraus. Sie erledigte den Papierkram. Und machte in Lunas Akten einen Eintrag: Auffälliger Rückgang der Vitalfunktionen! Bitte um besondere Beobachtung.

Contenance wusste, dass keiner ihrer Kollegen das ernst nehmen würde. Die Nachtschicht nicht. Die Frühschicht nicht. Contenances ewiges Genörgel und übertriebenes Engagement hatten dazu geführt, dass die Kollegen ihr gegenüber abstumpften. Sie hielten mittlerweile ihre Bemerkungen für nicht erachtenswert. Und genau das war Contenances Absicht.

Es piepste. Herr Lampert betrat die Station. Contenance blickte durch die Sicherheitsscheibe.

Der alte Obermacker, dachte sie.

Lampert ging an ihr vorbei. Er steuerte die offene Terrassentür an.

Meike erschrak und schmiss ihre Kippe in einen Aschenbecher. Till wurde nervös. Aber nur, weil Meike es zu sein schien. Er hatte eigentlich nichts zu befürchten. Er kannte Lampert.

„Rauchen während der Arbeitszeit, Frau Stuart?"

„Ich ... Entschuldigung, Herr Doktor", sagte sie beschämt.

Er spielte plötzlich den barmherzigen Gönner.

„Ist schon gut. Ich drücke noch mal ein Auge zu."

Dann sah er in die Runde.

„Patienten dürfen sich bei windigem Wetter nicht draußen aufhalten! Es besteht Zugluft, und das wiederum erhöht das Risiko für eine Erkältung oder gar eine Lungenentzündung. Frau Stuart, Sie sollten Herrn Baster ein Vorbild sein. Bringen Sie die Bewohner unverzüglich wieder in ihre Zimmer!"

Meike schluckte. Ihre Augen schienen „Jawohl, mein Oberfeldmarschall!" zu sagen.

Sie eilte zu einem Bewohner und löste die Bremsen an seinem Rollstuhl.

Lampert nickte zufrieden und begab sich wieder hinein.

Meike schob den Bewohner in die Station. Till half ihr.

„Kein Wort über Bernstein!", flüsterte sie Clemens zu.

Das hatte er sowieso nicht vorgehabt. Er würde einen Teufel tun, dem Doktor Informationen zuzuschaufeln, solange er sie selbst noch nicht verstand.

Contenance sah zu, wie Meike Herrn Mauskert von der Terrasse in sein Zimmer schob.

Sie erhob sich vom Rezeptionstisch und eilte hinterher.

„Was machst du?"

„Lampert. Ich soll einer Lungenentzündung vorbeugen. Zurück ins Zimmer!"

„So ein Quatsch!"

Contenance schob den Bewohner wieder nach draußen. Sie hatte keine Angst vor Lampert. Respektlos war sie ihm gegenüber nicht, aber sie schluckte nicht jede Entscheidung, die er traf. Vor allem nicht, wenn diese unberechtigt und falsch war. Ein leichtes Lüftchen schadete keinem der Bewohner.

Im Gegensatz zu ihren Kollegen kuschte sie nicht vor Lampert.

„Es sind drei."

„Drei?" Ricardo kaute auf einem Stück Brot.

„No Problema."

„No Problema. Bei dir ist immer alles no Problema. Es ist was schiefgelaufen. Bernstein hat sich in Lunas Zimmer versteckt. Während der Hypnose. Das ist mir noch nie passiert. So ein Mist!"

„Du bist süß, wenn du sauer bist."

„Du nervst!"

Contenance nahm ihr Weinglas und trank es aus. Dann schenkte sie sich nach und trank das Glas wieder leer. Sie atmete tief durch. Zwei große Kulleraugen strahlten sie an.

„Entschuldige. Ich bin nur sauer auf mich selbst. Du bist fabelhaft. Ich bin unfähig und dumm."

„No, Linda, du bist nicht dumm. Weißt du, was dein Fehler ist?"

„Was?"

„Du bist sensibel, einfühlsam und großherzig."

Ricardo nahm ihre Hand und streichelte sie.

„Und weißt du, was deine Vorzüge sind?", fragte er.

„Nein."

„Du bist sensibel, einfühlsam und großherzig." Er lächelte sie an. Dann küsste er sie auf den Handrücken.

„Schnulz!", sagte Contenance. Dennoch huschte ein Lächeln über ihr Gesicht. Es gefiel ihr, was Ricardo gesagt hatte.

Sie nahm langsam, sehr langsam ihre Hand aus der seinen.

„Wir müssen also warten. Ich brauche noch zwei Tage zusätzlich. Ich weiß nicht, wie wir das hinkriegen. Aber drei Tote am selben Tag, das geht nicht. Luna und Gipfel, das ist schon auffällig. Bernstein noch dazu, und wir fliegen auf!"

Ricardo nickte. Er war etwas traurig, denn er hatte damit gerechnet, übermorgen nach Spanien zu fahren. Sei's drum. So konnte er noch drei Tage bei Contenance bleiben. Er stand auf und ging in den Waschraum. Er kam mit seinem Seesack wieder heraus. Dann schüttete er den Inhalt auf die Couch. Vier Hosen, drei Sweatshirts. Ein paar Unterhosen. Ein schwarzer Anzug und eine Krawatte. Ricardo nahm die Krawatte und zog sie an. Sie passte natürlich nicht zu den Sachen, die er gerade anhatte. Er schmunzelte.

„Hübsch. Den Anzug muss ich dir noch bügeln. Als was gehst du diesmal?"

„Ich habe mir einen Bart gekauft." Ricardo zog einen falschen Bart aus der Hosentasche.

„Ich gehe als Herr Mack", sagte er und hob sich den Schnurrbart testweise an die Oberlippe.

„Gefällt mir."

„Wo muss ich mich vorstellen gehen?", fragte Ricardo.

„Das Bestattungsinstitut heißt Brown. In der Güterstraße 5. Gleich neben dem Friedhof. Das ist leicht zu finden. Der Geschäftsführer heißt Thomas Brown."

„Si, finde ich."

„Wir haben den zweiten Film von Frankreich noch gar nicht angeschaut", fiel Contenance plötzlich ein.

„Können wir heute machen. Oder morgen."

„Ach, ehrlich gesagt, würde ich ihn gerne morgen anschauen. Jetzt bin ich zu müde. Dieser Tag hat mich echt geschafft. Ich könnte den Film nicht in Ruhe genießen."

„Si."

„Ricardo, kein Si mehr!"

„Si!" Ricardo lachte.

Am nächsten Morgen wachte Ricardo früh auf. Er lag in seinem Bus, und der Wecker klingelte laut. Er schlug ihn aus. Dann stand er auf. Sollte er einen Kleinen rauchen? Nein. Heute musste er trocken bleiben. Zumindest bis nach dem Gespräch mit Herrn Brown. Er krabbelte nach vorne und schaltete sein Radio ein. John Lee Hooker. Perfekte Musik, um gut gelaunt in den Tag zu starten. Ricardo brauchte eigentlich keine Musik, um gut gelaunt zu sein. Er war eine Frohnatur. Das Leben nehmen, wie es kommt. Nur kein Stress und sich ja nichts vorschreiben lassen. Gute Musik und Marihuana konnten jedoch nie schaden. Er nahm den Schlüssel von Contenance und machte die Fahrertür auf. Es knarrte. Dann huschte er zum Haus. Er duschte ausgiebig, zog den Anzug an, den seine Gastgeberin gebügelt im Bad aufgehängt hatte, und putzte sich die Zähne. Er klebte sich den falschen Bart ins Gesicht und band sich die Krawatte um.

„Donjuanesco", lobte er sich selbst, als er sich im Spiegel betrachtete.

Er verließ das Haus. Ging zum Bahnhof, nahm den Zug, dann den Bus. Um kurz vor acht stand er vor einem großen Haus.

Ricardo klingelte. Es dauerte eine Weile, dann machte ihm ein Herr in Schwarz die Tür auf.

„Guten Morgen. Ich darf mich kurz vorstellen: Herr Mack. Ich bin gerade hergezogen. Eine schöne Gegend. Ich bin hier, um zu fragen, ob Sie Personal benötigen." Ricardo spulte seine Lüge so selbstbewusst ab, dass der Herr ohne zu überlegen die Tür ganz öffnete und ihn hineinbat.

Nach einer Stunde saß Ricardo wieder im Zug. Es hatte geklappt. Wie es immer geklappt hatte. In jeder Stadt. Ricardo legte den Herren von den Beerdigungsinstituten gefälschte Papiere vor. In denen stand, dass Herr Mack, oder wie auch immer Ricardo gerade heißen mochte, ein selbstständiger Bestatter war. Ricardo hatte, neben den Papieren, auch immer ein Foto von einem schmucken schwarzen Leichenwagen dabei. Den er sein Eigen nannte.

Die Identitäten waren gefälscht. Ebenso besaß Ricardo natürlich keinen Leichenwagen. Was hingegen echt war, war seine Ausbildung als Bestatter. Ricardo hatte diesen Beruf tatsächlich erlernt. Zudem hatte er auch eine Altenpflegerausbildung erfolgreich absolviert. Diese war auch vonnöten, für seine Abenteurerreisen mit den Alten. Er musste sie schließlich unversehrt und lebend an ihre Wunschorte bringen. Oft war er viele Tage unterwegs. Da musste er schon wissen, wie er mit den Alten umzugehen hatte.

Mit Herrn Brown hatte Ricardo nun einen Vertrag. Zunächst über eine Probezeit. Das war so üblich. Man stellte ihn nicht fest ein. Man erprobte die Zusammenarbeit zuerst. Zudem konnte man keinen Festvertrag machen, er war schließlich ein freier Mitarbeiter. Dies trichterte Ricardo seinen ver-

meintlichen Kollegen immer ein. Er bot seine
Dienste nur an. Als Joker, sozusagen.

Ricardo kam an Contenances Haus an. Fröhlich
stieg er in seinen Bully. Dann nahm er eine kleine
Tüte aus dem Handschuhfach. Fast leer, bemerkte
er. Er drehte sich einen Cacho. Einen Joint. Er
hatte jetzt frei. Heute Abend musste er die erste
Tote abholen. Wie war der Name? Ach ja, Luna
Singo.

Als Till um 14 Uhr 15 zu seinem Dienst antrat, herrschte eine betrübte Stimmung auf Station F. Eigentlich waren die Gegebenheiten nicht anders als sonst. Die Zimmertüren standen offen. Der Fernseher war an, Alte saßen im Speisesaal. Das Radio dudelte gedämpft ACDC. Aber irgendetwas kam ihm seltsam vor. Vielleicht halluzinierte er nur. Er ging ins Schwesternzimmer und zog seinen geliehenen Kittel an. Dann ging er wieder auf den Flur. Jetzt wusste er, was komisch war. Keine Meike, die ihn stürmisch begrüßte. Und keine Contenance, die einem Bewohner den Pudding stahl oder Happy Birthday für Frau Bert sang. Jetzt sagte er auch schon Frau Bert. Frau Herbert, meinte er natürlich. Wo waren seine Kolleginnen? Till machte sich auf die Suche. Weit konnten sie ja nicht sein.

Er fand beide bei Frau Singo. Contenance putzte sich die Nase. Meike streichelte den Kopf der Alten.

„Was ist passiert?"

„Sie macht's nicht mehr lange", sagte Meike. Till vermisste ihre freudige Begrüßung. Eigentlich hatte er gedacht, er sei von ihr genervt, aber jetzt fehlte ihm ihre überschwängliche Anhänglichkeit.

„Vitalfunktionen fast null. Miss doch mal ihren Puls!", sagte Meike.

Till rümpfte die Nase. Er wollte jetzt wirklich nicht freiwillig die Alte anfassen. Contenance sah ihn an. Till fühlte sich plötzlich beschämt.

69

Er ging zum Bett und roch an der alten Frau. Es war ein seltsamer Geruch. Nicht abstoßend, wie volle Windeln oder ein ausgelaufener Katheter. Nicht nach Medikamenten oder Ekzemcreme. Es war ein ganz eigenständiger Geruch. Till konnte Singo den Puls nicht messen, er schaffte es einfach nicht, sie zu berühren.

„Sie stirbt", sagte Contenance. Till schaute in ihre Augen. Sie glitzerten. Waren wunderschön. Aber magisch, wie einen Tag zuvor, kamen sie Till nicht mehr vor. Nur wunderschön. Ein Todesengel? Diese Augen konnten nicht töten, höchstens verzaubern.

„Das gehört zu diesem Beruf dazu", sagten diese Augen plötzlich. Till riss seinen Blick von ihnen. In der Tat hatte Till in seiner Ausbildung schon mal einen Toten gesehen. Den Geruch hatte er aber verdrängt. Er hatte keine Erinnerung mehr daran. Zum ersten Mal war er als Praktikant authentisch. Contenance kam zu ihm und legte ihre Hand auf seine Schulter. Er genoss es. De la Placa fasste ihn an. Wie wunderbar.

Sein Blick fiel auf den Boden. Dort lagen Handtücher, voll mit Kotze. Tills Magen drehte sich um. Igitt! Ihm fiel ein, dass er gelernt hatte, dass Sterbende manchmal vor ihrem Ableben kotzten und schissen. Till wurde übel. Er musste sofort raus aus dem Zimmer. Sofort!

Er ging auf die Terrasse. Frau Bert lächelte ihn an. Till konnte nicht zurücklächeln. Ihm war schlecht. Nach einer Weile kam Meike zu ihm.

„Sie hat es geschafft", sagte sie. Und zu Tills Erstaunen zündete sie sich keine Zigarette an.

Contenance ging an die Rezeption. Sie telefonierte. Einmal vom Dienstelefon, einmal von ihrem Handy aus. Dann schlug sie die Akten von Luna auf. Ihr huschte ein Lächeln übers Gesicht.

Meine liebe Luna, nicht mehr lange. Nicht mehr lange, und du bist in Spanien, mein Schatz. Genieße es, dachte Contenance.

Sie schrieb in die Akten: Zeitpunkt des Todes 14.50 Uhr.

Eine halbe Stunde später kam Herr Doktor Lampert herein. Weißer Kittel, Gesundheitsschuhe. Er trug nichts anderes als die anderen. Und doch merkte man an seiner Präsenz, seiner Haltung, dass er hier der Chef war. Er ging ins Zimmer von Frau Singo. Till, Meike und Contenance folgten ihm. Mit leicht demütiger Haltung.

Der Doktor verlangte nach den Akten. Till ging sie holen. Lampert untersuchte die Tote eingehend. Er schaute die Pflegerinnen an, als wolle er es nicht wahr-haben. Und doch konnte er nichts anderes feststellen als Herzstillstand.

Till kam wieder herein, in den Händen die Akten.

„... bitte um besondere Beobachtung", las Lampert laut vor. Dann sah er Contenance an. Ein böser Blick.

„Sie haben gestern festgestellt, dass es der Patientin nicht gut geht?"

„Ja", sagte Contenance. Sie bemühte sich, ernst zu klingen. Das war schwierig für sie. Denn sie allein

71

wusste, dass Luna nach Spanien fuhr. Es erfüllte sie mit Freude. Freude, die sie unter keinen Umständen mit den hier Anwesenden teilen durfte.

Der Doktor wandte seinen Blick nur kurz von Contenance ab, um in den Akten zu blättern. Nichts Auffälliges. Schon wieder nichts Auffälliges. Verdammt. Dann fixierte er wieder Contenances Augen. Herrisch und herablassend.

Er bat alle nach draußen.

„Was macht der jetzt?", fragte Till. Und wieder gelang es ihm, wie ein Praktikant zu klingen.

„Er liest die Akten. Er füllt Formulare aus, er schaut sich die Tote noch mal an ... kurz heißt das Leichenschau", erklärte Meike.

„Was passiert jetzt mit Frau Singo?"

„Sobald Lampert fertig ist, wird Singo in den Totenraum gebracht."

„Ist das ein Kühlraum?"

„Nein. Das ist ein ganz gewöhnliches Zimmer. Natürlich ist dort die Heizung nicht auf volle Pulle eingestellt. Aber ein Kühlraum ist es nicht. Bei uns ist der unten, im ersten Stock. Und er ist ein bisschen kirchlich eingerichtet. Mit Kreuz und Kerzen. Wann die Verstorbenen dort abgeholt werden, ist ziemlich unterschiedlich. Das hängt immer vom Bestattungsinstitut ab, welches die Angehörigen bestimmen. Aber in der Regel dauert es bis zur Abholung nicht länger als fünf bis sechs Stunden."

„Wenn ihr Zimmer leer ist, werden wir mit der Desinfizierung beginnen. Alles muss desinfiziert werden. Die Bettwäsche wird separat gewaschen.

Es kommt auch vor, dass die Wände komplett frisch gestrichen werden. Das obliegt aber nicht unserer Entscheidung", fügte Contenance fachmännisch hinzu.

Der Doktor kam aus dem Zimmer, drückte Till die Akten in die Hand. Er blickte ihm ganz flüchtig in die Augen. Dann verließ er Station F, wortlos. Contenance hatte den Blickaustausch bemerkt. Sie schwieg aber.

Alle versuchten, zur Normalität überzugehen. Contenance stibitzte Pudding. Besuchte alle Bettlägerigen und schwatzte mit den Bewohnern freudig drauflos. Meike duschte, wickelte und rauchte. Till beobachtete.

Dies war also die erste Tote auf Station F, seit Beginn seiner Ermittlungen. Er hatte wirklich überhaupt nichts Auffälliges bemerkt. Nur dass Contenance gestern über Luna gebeugt gewesen war, als er das Zimmer betreten hatte. Das war nun wirklich nicht verdächtig. De la Placa hatte, laut Lampert, sogar einen Eintrag in die Akten gemacht. Luna solle von den Kollegen besonders beobachtet werden. Alles schien in Ordnung. Entweder Lampert lag falsch mit seiner ungeheuerlichen Vermutung, oder de la Placa führte alle an der Nase herum. Aber Till wusste noch nicht, wie sie das hätte anstellen können. Er war ja schließlich ständig in ihrer Nähe, während der Arbeitszeit. Er beschloss, am kommenden Abend zu ihr nach Hause zu gehen. Wie, wusste er noch nicht. Aber er vermutete, er würde dort vielleicht auf etwas Auffälliges stoßen. Etwas Verdächtiges.

Contenance verließ das Zimmer von Herrn Gipfel gegen 19 Uhr. Ihre Pupillen waren weit geöffnet. Zur selben Zeit fuhr ein schmucker schwarzer Leichenwagen vom Parkplatz des Altersheims Schönfrack. Ricardo riss sich den Schnurrbart ab und entledigte sich seiner Krawatte. Hinten im Wagen lag Frau Singo. Ricardo machte das Radio an. Gipsy Kings. Super. Er war gut gelaunt, wie immer.

Herr Mack war vorgefahren, hatte sich vorgestellt und war zur Toten gebracht worden. Er hatte sie eingeladen und war weggefahren. Ganz einfach. War er doch vom Bestattungsinstitut der Stadt und hatte den Auftrag, die tote, verwandtschaftslose Frau Singo dort hinzubringen. Dorthin, wo alle Verwandtschaftslosen landeten. Im Altersheim wollte man die Verstorbene schließlich nicht behalten.

Seine Papiere waren korrekt, also warum zögern, die Tote heraus zu geben?

Nachdem Ricardo Luna umgebettet hatte, brachte er den Wagen zurück zur Leasingfirma.

„Hat Ihnen der Wagen nicht gefallen, Herr Mack?"

„Ich brauche einen mit mehr Pferdestärken."

„Kein Problem. Morgen bekommen Sie einen anderen zur Probe. Wissen Sie, Herr Brown ist ein guter Kunde. Und seine Kollegen, Pardon, seine Freunde sind auch unsere Freunde." Der Verkäufer lächelte schleimig.

Contenance kam mit ihrem Fahrrad zu Hause an. Sie lehnte es gegen die Wand. Ricardo saß auf der kleinen Treppe vor der Eingangstür.

„Ach herrje! Wartest du schon lange auf mich?"

„Mein ganzes Leben lang."

„Hör schon auf, du Latino-Schmeichler."

Sie machte die Tür auf.

„Du hast doch den Schlüssel. Du hättest einfach drinnen auf mich warten können."

„No, ist ein schöner Anblick, wenn Linda nach Hause kommt. Ich wollte dich hier begrüßen."

„Na gut. Wie ist es gelaufen?"

„Perfekt."

„Ist Luna in deinem Bus?"

„Si."

„Ich hoffe, unser unprofessionelles Handeln wird uns nicht zum Verhängnis. Hast du sie eingewickelt, damit sie nicht auskühlt?"

„Si."

„Dann gehe ich jetzt zu ihr und wecke sie auf. Morgen ist Herr Gipfel an der Reihe. Und übermorgen Herr Bernstein, der alte Narr."

„Ich weiß. Alles wird gut. Spanien, Linda, Spanien!" Ricardo strahlte.

„Was ist mit meinem Rezept?"

Sie zog eine braune kleine Schachtel aus ihrer Tasche.

„Hier dein Gras. Oder, wie du sagst, dein Rezept."

Contenance hatte einen sogenannten Bekannten, der ihr hin und wieder einen Dienst schuldete. Und damit konnte sie Ricardo eine Freude machen.

Contenance stieg in den Bully. Luna lag auf einer Matratze im hinteren Teil des Busses. Contenance beugte sich über sie und fing an zu flüstern. Ihre Pupillen waren weit geöffnet. Ihr Körper erwärmte sich. Bald war ihr, als habe sie Fieber. Warme Energie durchfloss ihren Körper. Ihre Hände legte sie behutsam auf Lunas Brustkorb. Dabei hörte sie nicht auf, Worte zu flüstern, und blickte starr auf die Alte. Langsam kehrte das Leben in Frau Singo zurück. Ganz langsam. Bis sie wieder das volle Bewusstsein erlangen würde, würden Stunden vergehen. Und es bestand immer auch die Gefahr, dass das Gehirn Schäden davongetragen hatte. Contenance erwähnte das gegenüber den Alten immer. Und bekam stets die gleiche Antwort; das wäre egal, ihre Körper wären ohnehin schon nichts weiter als ein Wrack, da käme es nun wirklich nicht mehr auf einen kleinen Dachschaden an. Die Alten freuten sich so sehr auf ihre letzte Reise, dass ihnen eine eventuelle körperliche Beschädigung, bedingt durch den Scheintod, keine Angst machte. Ein alter Herr hatte ihr sogar einmal gesagt, selbst wenn sie es nicht schaffen sollte, ihn wieder aufzuwecken, würde er einen schönen Tod erleben. Er wäre mit dem Gedanken an seinen Wunschort gestorben.

Contenance schüttelte das Kissen auf und legte es behutsam wieder unter Lunas Kopf. Sie schloss Singo an einen portablen Tropf an. Damit sie vorerst mit dem Nötigsten versorgt war.

Ricardo legte gerade eine Decke auf die Couch, als Contenance wieder hereinkam.

„Brav", sagte sie.

Ricardo zog eine Schnute. Natürlich hätte er lieber bei ihr im Bett geschlafen. Aber die Regeln war mehr als klar. Er durfte immer auf der Couch schlafen, solange sich ein alter Mensch in seinem Bus befand. Auf der Couch im Wohnzimmer, niemals in Contenances Schlafgemach.

„Kommst du zu mir?", fragte er.

Contenance verstand nicht. Er zeigte auf den bereitgestellten Super-8-Projektor.

„Ach. Der Film."

Ricardo hob die Decke hoch.

„Por favor, Linda. Setz dich."

Sie lächelte und kuschelte sich in die Decke. Ricardo dämmte das Licht, startete den Film und setzte sich neben Contenance.

Till stand vor einem Haus. Endlich. Es hatte ewig gedauert, bis er es gefunden hatte. Zunächst war er in einer Reihenhaussiedlung gelandet, in der es keine Hausnummer 85 gegeben hatte. Der Straßenname war korrekt. Aber bei Nummer 83 war Schluss gewesen. Dann stand man vor einem kleinen Feldweg. Dahinter begann ein großer Mischwald. Es sah nicht so aus, als befänden sich dort noch Häuser. Till war also wieder umgedreht und hatte die gesamte Straße noch mal abgelaufen. Keine Nummer 85. Nach einstündiger Sucherei musste er seine Blase entleeren. Der Wald bot sich geradezu an. Er folgte dem engen Weg und stellte sich dann hinter einen Baum. Es war 23.30 Uhr – und stockfinster. Als er fertig war, entdeckte er ein schwaches Licht. Er war dem Schein gefolgt und stand vor zwei Häusern. Nummer 84 und Nummer 85. Hier war der Wald gerodet, und Till konnte dank des Mondlichts wieder besser sehen.

Nett hier, dachte Till. Die Häuser standen sich gegenüber. Der Baustil war identisch mit den Häusern in der Straße. In einem Haus brannte Licht. In dem anderen war es finster. Er schlich langsam näher zu dem erhellten Haus. 85, stand neben der Tür. In der Auffahrt stand ein Bus. Schäbig und rostig. Er betrachtete den Bully. Wie ist der hierher gekommen, fragte sich Till. Der Feldweg war unter keinen Umständen breit genug für einen Bus. Zudem standen da Bäume. Er schaute links am Haus

vorbei. Und erkannte schwach eine schmale Straße, die durch Felder hindurch führte. Weit entfernt
sah er kleine Autolichter, die nach rechts und links
huschten.

Das musste die B254 sein, stellte Till fest. Er stahl
sich einmal komplett um das Gebäude. In zwei
Zimmern hatte Licht gebrannt. Er ging an eines der
Fenster und lugte vorsichtig hinein. Das Wohn-
zimmer. Couch. Tisch. Der Fernseher schien zu
laufen. Auf der Couch saßen zwei Personen. De la
Placa, erkannte er sofort. Auch wenn man nur ihr
Gesicht sah. Der Rest war in eine Decke gehüllt.
Die zweite Person war ein Mann. Till konnte sich
nicht erinnern, dass sie einen Freund erwähnt hatte.
Die beiden schienen sich über etwas zu amüsieren.
Vermutlich über das Fernsehprogramm. Till ging
einen Schritt zur Seite, um das Gerät erspähen zu
können. Er staunte nicht schlecht. Da stand kein
Fernseher. Nein. Die beiden starrten eine große
weiße Leinwand an. Till drehte sich um und suchte
nach etwas, um sich daraufzustellen. Auf den Zehenspitzen zu stehen, wurde ihm langsam zuan
strengend. Er fand einen Eimer. Till stellte sich
darauf. Besser. Er erkannte einen Autoinnenraum.
Große Windschutzscheibe. Am Rückspiegel bau-
melte ein Amulett. Till schaute neben sich. Ja, es
könnte sich um diesen Bully handeln. Dann zeigte
der Film ein Gesicht. Ein altes männliches Gesicht.
Till konnte nicht verstehen, was der Alte sagte,
aber dafür hörte er de la Placa, wie sie laut lachte.
Nun schien der Alte die Aufnahmen zu machen. Er

schwenke die Kamera nach hinten. Dort saßen zwei alte Menschen in Rollstühlen. Sie lächelten. Sie trugen schwarze Sweatshirts. Eines mit einer Gitarre darauf, der andere hatte ein Gesicht darauf. Ein Alter zog plötzlich eine Mundharmonika aus seiner Hosentasche. De la Placa lachte wieder. Der Film wackelte auf einmal, und die Aufnahmen rutschten von den Gesichtern auf den Boden ab. Man erkannte die Reifen eines Rollstuhls. Und da waren Befestigungen. Diese verankerten die Reifen fest am Boden des Busses. Der Film wurde schwarz. Ein junges Gesicht war plötzlich wieder zu sehen. Ein braungebrannter Mann, im Mund eine Zigarette. Nein. Ein Joint. Er winkte fröhlich in die Kamera. Till traute seinen Augen nicht. Dieser Mann sah aus wie jener, der momentan neben Contenance hockte. Till wusste instinktiv, was er da gerade beobachtete. Er hatte de la Placa eiskalt erwischt. Mit diesen Aufnahmen konnte er sie überführen. Das Strafdelikt war nicht Mord. Till war sich sicher, es konnte sich hier nur um entführte alte Menschen handeln. Entführung war aber schließlich auch strafbar. Clemens gefiel das sogar besser. Seine Contenance war kein Todesengel. Nein. Nur eine Entführerin. Oder zumindest die Komplizin eines Entführers.

Till schaute nun in ein Gesicht. Großaufnahme. Das war wieder der alte Herr vom Anfang. Seine Augen strahlten, und kleine Lachfalten mischten sich unter die normalen Falten. Er sah fröhlich und lebendig aus.

Also, traurig oder bestürzt über seine Entführung schien der Alte nicht gerade zu sein, bemerkte Till. Und die anderen hinten in den Rollstühlen machten auch keinen furchterfüllten Eindruck. Till dachte nach. Wenn es sich hier vielleicht bloß um einen harmlosen Ausflug handelte? Oder vielleicht war der junge Kerl gar mit den Alten verwandt? Till war so vertieft in seine Gedanken, dass er nicht bemerkte, als Ricardo aufstand. Clemens erschrak also fürchterlich, als sich die Eingangstür öffnete. Der Mann stand mit dem Rücken zum Hof. Er rief de la Placa noch etwas zu. Till ergriff seine einzige Chance. Er huschte vom Fenster weg und versteckte sich hinter dem Bully. Der Bus wackelte leicht. Dann knarrte es. Kurz darauf stieg Till Marihuanageruch in die Nase. Angenehm. Der Raucher summte ein Lied vor sich hin. Till betrachtete die Sterne über sich. Er fühlte sich gut. Trotz seiner prekären Situation. De la Placa konnte kein Mord angehängt werden. Die Sterne leuchteten, und es roch nach Gras. Was will man mehr?

Plötzlich knarrte es wieder. Die Eingangstür ging auf und wieder zu. Till atmete tief durch. Er hielt sich am Griff der Heckklappe fest und beugte seinen Körper nach unten. Tief Luft holen. Es knarrte. Till kippte leicht zur Seite, der Knauf gab nach. Die Klappe war offen. Mist. Till hob sie an und drückte sie so leise wie möglich wieder zu. Im Augenwinkel bemerkte er zwei Füße im Bus. Dann war die Klappe zu. Was war das eben? Zwei Füße? Till schluckte. Waren das Nachwirkungen vom

Joint? Nein. Konnte nicht sein. Till wurde mulmig zumute. Aber er musste noch mal in den Bus schauen. Um sicherzugehen. Leise und verkrampft drückte er den Knauf wieder nach unten. Zwei Füße. Kein Zweifel, zwei menschliche Füße. Till blieb die Spucke weg. Er tippte die Füße kurz an. Keine Reaktion. Clemens nahm seinen Mut zusammen. Er schlich zur Seitentür, öffnete sie leise und stieg vorsichtig in den Bus. Breitbeinig stand er über einem Körper. Es war sehr dunkel, aber es handelte sich um eine Frau. Das erkannte Till. Eingewickelt in warme Tücher oder Decken. Ein Arm lag nackt vom Körper weg. In ihm eine Kanüle. Eine Infusion. Till erkannte einen Schlauch. Er versuchte, nicht zu atmen. Und dann hörte er fremde Atemgeräusche. Die der Frau. Gott sei dank, sie lebte! Till fiel ein Stein vom Herzen. Aber nun fing das Rätsel erst an. Was in aller Welt hatte eine Frau in diesem Bus zu suchen? Eine Frau, die an einem Tropf hing. Die offensichtlich krank war. Wer war diese Person? Eine Verwandte? Warum lag sie dann nicht im Haus? Der Detektiv kramte einen klitzekleinen Fotoapparat aus seiner Jackentasche. Er machte ein Bild und zielte dabei auf den Kopf der Frau.

Till verließ den Bus. Er war verwirrt. Schnellen Schrittes ging er zur Straße zurück, wo sein Auto stand, und fuhr direkt ins Büro. Er fütterte seinen Computer mit dem eben gemachten Bild. Er bearbeitete es. Er machte es heller und schärfer. Und dann fiel er fast in Ohnmacht. Die Frau aus dem Bus war Luna Singo. Die heute gestorben war. Er schaute auf die Uhr. 1.15 Uhr. Die gestern gestorben war.

Fassungslos wälzte er alle Dokumente, die er bislang über de la Placa zusammengetragen hatte. Nichts Auffälliges. Wieder nichts Auffälliges.

Wie hatte Contenance das gemacht? Wie kam Singo in einen Bus vor de la Placas Haus? Wie nur?

Und dann wurde Till bleich. Das Blut sackte in seine Beine. Frau Luna Singo war tot. Jedenfalls war sie tot gewesen, als die Kollegen vom ersten Stock sie aus dem Zimmer gerollt hatten. Die Frau in dem Bus hatte geatmet. Sie lebte. Und diese Frau war, wie er nun gerade festgestellt hatte, Luna Singo. Wie war das möglich? Er würde alle Register ziehen müssen, um de la Placa das Handwerk zu legen.

Er fing von vorne an. Er spielte jede erlebte Situation nochmals in seinem Kopf durch. Er machte sich etliche Notizen.

Wo kamen die Toten hin? Wie konnte man einen Toten zum Leben erwecken?

Todespillen, bekannt aus Filmen. Ein Verbündeter spritzte das Gegengift.

Diese Idee konnte man ausschließen. Im Altersheim nahm man Blutproben. Es wäre also aufgefallen, wenn die Tote ein Mittel zu sich genommen hätte, was nicht auf ihrer Medikamentenliste stand. Jegliche Mittel konnte man ausschließen. Folglich auch eine tödliche Überdosis. Im Altersheim wurde penibel Buch geführt. Was war mit Stoffen, die sich binnen kurzer Zeit nicht mehr nachweisen ließen? Nein. Auf Station F wurden die Bewohner täglich untersucht. Kontrollierte man nicht das Blut, dann untersuchte man den Urin und den Stuhl. Und das wurde von allen Mitarbeitern gemacht. Es hätten demnach alle mit de la Placa unter einer Decke stecken müssen. Das konnte man definitiv ausschließen. Die Kollegen mochten Contenance nicht.

Till rauchte der Kopf. Mittlerweile war es hell geworden. Er rief in einem Beerdigungsinstitut an. Nach einem kurzen Gespräch stand fest, dass man dort weder einen braungebrannten Latino kannte noch eine Altenpflegerin namens de la Placa. Dass sie jedoch sehr wohl das Altersheim Schönfrack kannten, sie fuhren es fast täglich an. Till hatte nach dem Gespräch mit Herrn Brown noch andere Institute angerufen. Auch diese kannten die Personen, nach denen Till fragte, nicht, jedoch kannten sie ebenfalls das Altersheim Schönfrack gut.

Clemens hatte auf einem Amt die Familienakten der Singos angefordert. Die Akten der anderen Toten hatte er bereits vorliegen. Jener Personen, von denen Herr Lampert glaubte, Contenance habe sie auf dem Gewissen. Keine Gemeinsamkeiten. Nur eine: Sie waren alle verwandtschaftslos.

Till fielen plötzlich die Gesichter der Alten ein. Die er im Film durchs Fenster beobachtet hatte. Er empfand Freude. Das war seltsam. Er erinnerte sich genau an die strahlenden Augen. An das zahn-

85

lose Lächeln. Diese Menschen waren glücklich gewesen. Wer auch immer sie gewesen waren. Und wo auch immer sie jetzt waren. Sie waren glücklich.

Clemens arbeitete und recherchierte, bis ihm die Augen schwer wurden. Mittag. Zwei Stunden noch, dann musste er im Altersheim sein. Kurz schlafen. Nur kurz.

Das Telefon klingelte. Till zuckte zusammen. 15 Uhr. Verdammt. Er hob ab.

„Ja, Clemens."

„Sie sind zu spät!"

Dann wurde wieder aufgelegt. Till hatte die Stimme von Herrn Lampert erkannt. Verdammt. Wie peinlich.

Kurz darauf piepste es auf Station F. Clemens kam hektisch herein.

Contenance musterte ihn. Sein Hemd war verknittert, seine Haare standen wild nach oben.

„Du hast einen Toten verpasst", sagte Meike hämisch.

„Einen Toten? Wer ist gestorben?"

„Herr Gipfel."

„Warum bist du zu spät?", fragte Meike.

„Ich habe verschlafen. Ganz einfach." Till war gereizt. Er arbeitete sozusagen rund um die Uhr. Da konnte man doch mal verschlafen.

„Schon gut. Reg dich ab. Komm mit, wir fangen an." Meike zeigte auf eines der Zimmer.

Till ging eilig an Contenance vorbei. Dabei streiften sich ihre Blicke. Da! Da war es wieder. Dieser Blick. Außerirdisch und magisch. Till erkannte diesen Blick wieder. Derselbe Blick wie in Singos Zimmer. Es musste einen Zusammenhang geben zwischen den Toten und Contenances Blick. Nur welchen?

Am Abend saß Clemens wieder in seinem Büro. Das Telefon klingelte.

„Wie weit sind Sie mit Ihren Ermittlungen?"

„Ich habe eine heiße Spur."

„So? Welche? Erzählen Sie!"

„Ich muss erst sicher sein. Geben Sie mir noch zwei Tage, Herr Lampert!"

„Soll noch einer sterben, bis Sie sich sicher sind, Herr Clemens?" Der Doktor war erbost.

„Schreiben Sie mir nicht vor, wie ich meine Arbeit zu machen habe", sagte Till energisch.

„In Ordnung. Zwei Tage, nicht mehr!"

Till pfefferte das Telefon in die Ecke. Er schenkte sich Kaffee ein und schaute aus dem Fenster. Dann ging er zum Schreibtisch zurück und las einige Papiere durch. Frau Singo hatte keine Verwandtschaft, wie die übrigen Verstorbenen, deren Tod de la Placa angehängt werden sollte. Mit dem Unterschied, dass Singo nicht verstorben war. Sie lebte. Aus den gerade gefaxten Papieren von Herrn Gipfel ging hervor, dass er einen Sohn hatte. Er passte also nicht ins Schema. Und der Gedanke an Contenances Augen brachte Till ebenfalls aus dem Konzept.

Er kam nicht weiter.

Vielleicht liegt Sepp Gipfel jetzt neben Singo im Bus und raucht friedlich einen Joint, dachte Till. Er musste lachen. Er war so verzweifelt, dass er die absurdesten Ideen heranzog. Till zog weitere Papiere aus seinem großen Stapel.

Unterlagen des ersten Stocks. Singo, 15 Uhr. Abholung 18.45 Uhr. Unterschrift: Herr Mack.

Auf einem anderen Blatt waren die Daten des Parkplatzes notiert. Stuart, Donnerstag, 3. April, Ankunft 13.50 Uhr, Abfahrt 22.15 Uhr. Stuart, Freitag, 3. April ... Till legte das Blatt weg. Das brachte ihn nicht weiter.

Er studierte die Dokumente der Stadt. Rosenstraße 84, zurzeit leerstehend. Rosenstraße 85, Mieterin de la Placa.

Dann schaute er auf die Medikamentenliste von Singo und Gipfel. Ebenfalls von einem Herrn Chuny und weiteren Patienten. Dann betrachtete er die stationseigenen Akten der Bewohner. Untersuchungen, Auffälligkeiten, Therapien, Behandlungen, Krankheiten, Blutwerte und so weiter.

Clemens kam auf keinen grünen Zweig. Er überlegte, ob er nicht doch Lampert von der lebenden Frau Singo hätte erzählen sollen. Nein. Clemens wollte diesen Fall lösen. Dem Herrn Doktor sichere Fakten präsentieren. Ihm alle Geschehnisse enträtselt auf den Tisch knallen. Und nicht unprofessionell mit Eventualitäten daherkommen.

Clemens blieb nur eines. Die Flucht nach vorne. Er holte sein Telefon, das auf dem Boden lag. Er kramte eine kitschige Visitenkarte aus seiner Schublade hervor.

„Hallo. Meike?"

„Clemens", sagte sie freudig.

„Störe ich? Ich weiß, es ist schon spät."

„Überhaupt nicht."

„Ich muss dich was fragen."

„Ja?" Meike klang erwartungsvoll.

„Sind dir die Augen von Contenance aufgefallen? Heute, nachdem Herr Gipfel gestorben war?", fragte Till forsch und unverblümt.

„Contenance?", sagte Meike enttäuscht.

„Ja, das hat sie öfter. Ihre Augen verraten extrem, was in ihr vorgeht. Wenn sie traurig ist, beispielsweiße nach dem Verlust eines Bewohners, sind ihre Augen immer erweitert. Ich meine ihre Pupillen. Wenn sie sich ärgert und wirklich auf 180 ist, dann bekommt sie einen Grünanteil in ihre sonst braunen Augen. Hast du noch eine Frage?"

Till schwatzte noch eine Weile Belangloses mit Meike. Um sich nicht zu verraten, um Freundlichkeit vorzutäuschen, um Meike nicht zu vergrämen.

Er hatte also die Information erhalten, dass de la Placa eine Schwachstelle hatte. Ihre Augen.

Till holte sich erneut einen Kaffee. Die achte Tasse. Er schaute auf die Uhr. Es war dunkel draußen. Er fasste den Entschluss, noch einmal zu de la Placas Haus zu fahren.

Contenance stand in der Küche und bereitete das Abendessen vor. Ricardo kramte in einem kleinen Karton. Eine Brille, Windeln, Medikamente und Cremes. Und ein kleines Couvert. Ricardo machte es auf. Es befanden sich Geldscheine darin. Er ging mit dem Umschlag in die Küche.

„Linda?", sagte er und hob das Couvert vor ihre Nase.

„Du musst doch tanken. Und ..."

„Linda!" Nun klang Ricardo beleidigt.

„Ich nehme kein Geld von dir an!"

„Amorcito. Du hast doch kein Geld. Ich wollte dir nur helfen."

„Ich nehme kein Geld von meiner Linda!"

Ricardo legte den Umschlag auf die Küchenablage.

„Kauf du dir etwas. Ich komme zurecht."

Ricardo war chronisch pleite. Aber von seiner großen Liebe würde er sicher keinen Cent annehmen. Nur Gras. Das war vertretbar.

„Pues bien", sagte Contenance.

„Hier, nimm das mit!" Sie drückte Ricardo eine noch warme Plastikschüssel in die Hand. Und eine Schnabeltasse.

„Ich gehe derweil zu Gipfel."

Beide verließen das Haus. Ricardo stieg in seinen Bully. Contenance machte ihre Taschenlampe an und ging in den Wald.

Beide ahnten nicht, dass sie beobachtet wurden. Till versteckte sich hinter dem unbewohnten Haus. Er folgte Contenance. Im Wald stand ein Auto. Kein gewöhnliches. Es war ein Leichenwagen. De la Placa verschwand in ihm. Till pirschte sich lautlos näher heran. Er späte durch die Windschutzscheibe. Und war enttäuscht. Er sah gar nichts. Er konnte den hinteren Teil des Wagens nicht sehen. Der Fahrerraum endete an einer dunklen Trennwand. Keine Möglichkeit, ins Heck zu sehen. Er spitzte die Ohren. Aber er hörte nichts. Er schlich weg vom Auto. Und versteckte sich hinter einer großen Tanne. Einige Zeit später ging die Heckklappe auf. Contenance stieg aus. Till versuchte, ihre Augen zu erkennen. Keine Chance. Es war zu dunkel. Als er das Licht der Taschenlampe nicht mehr sah, ging er zum Leichenwagen zurück. Er öffnete die Tür. Er stieg hinein. Dasselbe Bild. Person in Tücher gehüllt. Arm mit Schlauch. Atemgeräusche. Nur diesmal war es keine Frau. Und Till wusste, wer da lag. Es konnte sich nur um Herrn Gipfel handeln. Dennoch machte er ein Foto. Dann hüpfte er aus dem Wagen. Schloss die Tür und ging zum Haus zurück.

Dich krieg ich, dachte Clemens. Er sah den Latino aus dem Bus kommen und im Haus verschwinden.

Till ging erst langsam, dann schnell, bald rannte er zu seinem Auto.

Büro. Es wurde bereits hell. Bild einlesen. Herrn Gipfels Gesicht. Er machte zwei Anfragen über Kennzeichen. Bald bekam er ein Fax. VW-Bus, Bully. Fahrzeughalter: Ricardo Garcia. Leichenwagen: Autoleasing Mussert.

Till war überschwänglich. Er würde diesen Fall lösen. Er würde de la Placa zur Strecke bringen. Und diesen Latino. Gegen den er eine Abneigung hegte. War er doch auf der Couch neben *seiner* Contenance gesessen.

Auf Station F verging ein Tag ohne erwähnenswertes Ereignis. Am darauffolgenden Tag starb ein Bewohner. Ein Parkinsonpatient. Dem Vorkommnis schenkte man keine besondere Beachtung. Dieser Patient war bereits mit weit fortgeschrittener Parkinsonerkrankung und schlechtem Allgemeinzustand eingeliefert worden. Man hatte mit seinem baldigen Ableben gerechnet. Zudem war er erst kürzlich zusammengebrochen. Einzig die abrupte Beendigung des Praktikums vom jungen Herrn Baster war zu erwähnen. Von heute auf morgen hatte er sein Praktikum abgebrochen.

„Vielleicht war es einfach nichts für ihn", so die allgemeine Meinung der Angestellten. Einzig Meike schien sich über das plötzliche Fernbleiben von Clemens zu echauffieren. Contenance machte sich auch ihre Gedanken, teilte diese aber niemandem mit.

Till wurde durchgeschüttelt. Er bekam nur stickige Luft zum Atmen. Clemens befand sich unter einer dicken, staubigen Decke. Er hörte gedämpft einen Reggaesong. Einige undeutliche Worte verschiedener Personen. Als er nächtens in den Bus gekrabbelt war, hatte er drei Personen vorgefunden. Zwei waren ihm bekannt, die dritte Person hatte er fotografiert. Clemens wollte gerade aus dem Wagen aussteigen, als die Fahrertür geöffnet worden war. Es blieb ihm nur übrig, sich schnell unter einer Decke zu verstecken.

Till hatte gestern beschlossen, nicht ins Altersheim zu gehen, sondern den Latino zu beschatten, um herauszufinden, welche Rolle dieser spielte.

Nun lag er verborgen im Bus von Herrn Garcia. Sie waren schon Stunden unterwegs. Till hatte Durst. Und das ewige Geschaukel schlug ihm langsam auf den Magen.

Plötzlich hielt der Wagen quietschend an. Till hörte eine Tür, die sich öffnete. Er hörte eine ihm bekannte Stimme. Garcias Stimme. Till kannte sie nun gut. Ricardo war eine Labertasche. Und nach nunmehr sechs Stunden Autofahrt erkannte er die Stimme auf Anhieb. Clemens' Spanisch war nicht gut, aber er verstand zumindest Fetzen. Ricardo plapperte etwas über Omas und Opas. Und über Heimat, Katalonien. Eine fremde Stimme schien darauf einzugehen und sprach freudig über das Meer und das wunderschöne Spanien. Kurz darauf setzte sich der Bus wieder in Bewegung.

„Wir sind in Spanien!"

Ein freudiges „Oh!" kam Till zu Ohren.

Was? Wir sind in Spanien? Till musste handeln. Er schob die Decke ein wenig zur Seite. Luft. Endlich. Auch wenn dieser Atemzug nicht frei von abgestandenem, rauchigem Geruch war. Till atmete einmal kräftig durch.

Dann zog er die Decke wieder über sein Gesicht. Seine Beine taten ihm weh. Er lag zusammengekauert zwischen Windeln. Zwischen Tüten und einem Seesack, Fresspaketen und Wasserkanistern. Sein Kopf stieß bei jeder Unebenheit der Straße gegen etwas Hartes. Vermutlich die Verankerung für die Rollstuhlreifen.

Till wusste nicht, was er machen sollte. Aber irgendwann, das wusste er genau, würde er auffliegen. Und vermutlich würde er vorher ersticken. Das waren keine zufriedenstellenden Aussichten. Clemens ärgerte sich. Er war in der Tat ein miserabler Detektiv. Gefangen unter einer Decke. Gefangen mit drei alten Menschen in einem Bus. Menschen, die tot waren – und es doch nicht waren. Auf dem Weg nach Spanien, warum auch immer. Am Steuer ein Latino, der sich einen Joint nach dem anderen drehte. Was für eine Situation!

Nach einer Ewigkeit hielt der Bus. Es schaukelte und rüttelte noch eine Weile, dann soff er ab. Ruhe. Die Fahrertür knarrte. Till hielt die Luft an. Die Schiebetür wurde aufgemacht. Jemand stieg in den Bus. Till hielt es nicht mehr aus. Mit einer entschlossenen, hastigen Bewegung entledigte er sich seiner Decke. Er blickte in zwei fassungslose, erschrockene Kulleraugen.

„Que cojones?", sagte Ricardo erstaunt. Er baute sich vor Till auf.

„Lass es mich erklären", sagte Till ängstlich.

Die Alten schauten zu ihm herunter. Erst waren sie schockiert, dann lächelte plötzlich einer.

„Ein Schwarzfahrer! Wollen Sie auch nach Cadaqués?"

Till lächelte verkrampft, dann blickte er wieder zu Garcia. Der ballte die Faust.

Till sah sich gezwungen, die Wahrheit zu erzählen. Er wollte bei dieser mysteriösen und fragwürdigen Reise dabei sein. Und er wollte keine aufs Maul bekommen. Er erzählte alles. Fast alles. Er sei Detektiv. Er ermittle auf Wunsch eines Herrn Lampert, gegen Frau de la Placa. Lampert hege gegen sie den Verdacht eines Todesengels. Till wäre hier, um die Unschuld der Verdächtigen zu beweisen. Nach diesen Worten erhellte sich das Gesicht des Latinos.

Als Clemens jedoch unvorsichtigerweise erwähnte, er wäre als Praktikant namens Clemens ins Altersheim eingeschleust worden, wurde es schwarz um ihn. Ricardo hatte ihm eine gezimmert. So heftig, dass Till in Ohnmacht gefallen war.

Till wachte auf. Ihm brummte der Schädel. Er befand sich angeschnallt auf dem Beifahrersitz. Tills Augen gewöhnten sich nur langsam an die Helligkeit. Er schaute neben sich. Ricardo fuhr barfuß. Im Mund eine Zigarette. Diesmal war es wirklich eine Zigarette. Ein Bein war lässig auf die Ablage gelehnt, das andere drückte aufs Gaspedal. Till sah ein Amulett am Rückspiegel baumeln. Das erinnerte ihn an etwas. An den heimlich gesehenen Film. Keine Zweifel, er saß in jenem gefilmten Bus. Till drehte den Kopf und lugte nach hinten. Drei Personen. Singo, Gipfel und Bernstein. Bernstein war also die dritte Person. Till war ja nicht zur Auswertung seines Fotos gekommen. Er war gezwungen gewesen, sich im Bus zu verstecken. Gestern Nacht.

„Buenos dias", sagte auf einmal der Latino. Er lächelte.

„Perdon, Herr Detektiv. Mein Temperament ist mit mir durchgegangen."

„Schon gut", erwiderte Till und hielt sich den Kopf.

„Wohin fahren wir?"

„Nach Cadaqués!"

„Aha."

„Sie können jederzeit aussteigen, Herr Schwarzfahrer."

„Nein. Wie ich schon erwähnte: Ich möchte die Unschuld von de la Placa beweisen. Sie, Herr Garcia, bringen die alten Personen vermutlich zu ihren Verwandten?", fragte Till scheinheilig.

„Woher kennen Sie meinen Namen?"

„Detektiv. Schon vergessen?"

„No."

„Ich bringe die Señoras und Señores nicht zu ihren Verwandten. Aber schauen Sie selbst. Ich werde Sie mitnehmen."

Sie fuhren noch sehr lange durch die heiße Sonne Spaniens. Mit Unterbrechungen. Ricardo hatte immer ein Auge auf die Alten. Sobald sich einer nicht mehr lächelnd in seinem Rückspiegel präsentierte, fragte er nach, ob alles in Ordnung sei. Falls nicht, hielt er den Wagen an. Er kümmerte sich rührend um seine Mitfahrer. Nicht nur rührend, sondern auch kompetent. Till begriff anhand seiner Abfolgen, seinen Handgriffen, dass auch Ricardo Altenpfleger war. Man erkannte sich eben, unter Kollegen. Ricardo wechselte Windeln, verteilte Medikamente, cremte und wusch. Er massierte ihre Beine, Arme und Rücken. Er befahl ihnen, genug zu trinken. Putzte die Brille von Luna. Kämmte die Alten und lächelte immerzu.

Während ihrer Reise tauten die Greise immer mehr auf. Sie erzählten Geschichten und Ereignisse aus ihrem Leben. Till und Ricardo saßen vorne und genossen die Erzählungen der Alten. Sie hakten sogar interessiert nach, um mehr zu erfahren. Sie machten gemeinsam Scherze und lachten. Es gab auch Kontroversen; sie arteten aber nie in Streit aus, sondern waren konstruktive Plauschereien.

Manchmal las ihnen Herr Gipfel aus einem Buch vor. Oder die aktuellen Nachrichten aus einer Zeitung. Oft lauschten sie auch dem Radio und sangen Songs mit. Es kam auch vor, dass stundenlang kein Wort gesprochen wurde. Aber es war immer ein angenehmes Schweigen.

Nach zwei Tagen klagte Singo über Armschmerzen. Ricardo hielt an und sah nach. Er erkannte nichts Beunruhigendes.
Seine Lösung war genial. Er bat Bernstein, der neben ihr saß, Lunas Hand zu nehmen und ordentlich zu kneten.
Von nun an hielten die beiden Händchen.
Ricardos Einfall hatte zwei Vorteile. Vielleicht drei. Lunas Arm und Hand wurden durch die Massage gut durchblutet und somit schmerzfrei. Herr Bernstein kräftigte durch die Bemühungen seine schwache Muskulatur. Und drittens, die Berührungen trugen zu einer sonnigen Innigkeit bei.
Alle Businsassen fühlten sich beschwingt und grenzenlos frei. Auch Till steckte diese Freiheit an.
Man hätte berechtigte Zweifel gegen diese Fahrt hegen können. Doch mit Ricardo Garcia war alles *fácil*. Das Leben lachte. Probleme waren *no Problema*.
Volle Windeln, no Problema, es gab öffentliche Toiletten und Mülleimer. Tank leer, no Problema, Ricardo brauchte zehn Minuten, dann hatte er genügend Kleingeld erbettelt, um weiterfahren zu können. Die Señoras erlagen seinem Charme rei-

henweise und schenkten ihm bereitwillig ein paar Münzen. Für jede Situation hatte Ricardo eine No-Problema-Lösung.

Den Alten fehlte es an nichts. So chaotisch Garcia auch zu sein schien, in seiner Mission war er unschlagbar.

Till ließ sich verleiten, mit ihm zu fluchen, wenn ein Autofahrer vor ihnen Mist machte. Till pfiff gemeinsam mit Ricardo den hübschen Señoritas hinterher. Till fühlte sich wohl. Kraftvoll. Lebendig. Sein Rücken tat ihm weh, aber das war ihm egal. Sein Hemd roch längst nicht mehr frisch, aber das war ihm egal. Sein Bart wucherte, es war ihm einerlei. Er, seine Alten und sein Freund Ricardo. Das war alles, was zählte. Was wichtig war.

Einmal kamen sie an einen See. Frisch und klar. Ricardo und er waren hineingesprungen. Dann hatten sie die Alten geholt. Nackig gemacht und mitsamt den Rollstühlen ins kühle Nass gestellt. Und, nass wie sie dann alle waren, wieder in den Bus gestiegen, um weiterzufahren. Ein riesiger Spaß.

Till vergaß zunehmend, warum er in diesem Fahrzeug saß. Warum er Ermittlungen machte. Warum Clemens ein Detektiv war. Warum es wichtig war, Beweise zu sammeln. Welche Beweise? Wer war de la Placa?

Es war stickig. Keine Klimaanlage. Die Alten verbreiteten ihren Geruch, verbreiteten Altersheimgeruch. Und dennoch – Till atmete diese Luft gerne. Unerklärlich. Aber es war so. Jeder Blick nach hinten, in die freudigen zahnlosen Gesichter, jede Geschichte, jeder Scherz der Alten entschädigte für die miserable Luftqualität.

Eines Tages, sie hatten gerade einen kleinen Ort passiert, klingelte es. Ricardo sah verwundert zu Till. Die Alten hoben die Augenbrauen. Von ihnen besaß keiner ein Mobiltelefon. Till griff nach hinten. Auf dem Boden lag seine Jacke. Er zog das Handy heraus.

„Ja?", fragte er erstaunt. Erstaunt über einen Anruf und die Haltbarkeit seines Akkus.

„Herr Clemens! Wo zum Teufel sind Sie?" Lamperts zornige Stimme dröhnte aus dem Telefon.

„Ich ermittle", antwortete der Detektiv.

„Ich befinde mich in Spanien", fügte er hinzu und biss sich auf die Lippen. Das hatte Till eigentlich nicht verraten wollen.

„Ich werde dafür sorgen, das Ihnen Ihre Lizenz entzogen wird, wenn Sie mir nicht augenblicklich …"

Till schleuderte das Handy aus dem Fenster.

„Was machst du denn da?" Ricardo blickte ihn verdutzt an.

„Falsch verbunden", sagte Till und grinste lausbubenhaft.

Er wollte frei sein. Wie die Alten. Wie Ricardo.

Till schaute zu seinem Freund hinüber. Der zündete sich einen Joint an und grinste. Ein mittlerweile gewohntes Bild.

„Du bist ein lustiger Detektiv, Clemens."

Plötzlich machte er eine Vollbremsung. Till wie auch die Alten wurden ordentlich durchgeschüttelt. Er schaute instinktiv beschützerisch nach hinten. Alles in Ordnung. Die Alten hingen in ihren Gurten. Waren erschreckt, aber nicht verletzt.

„Was ist?"

„Ein Schaf!"

Till sah auf die Straße. Ein Schaf stand mitten auf dem Weg. Ricardo stieg aus. Er scheuchte das Tier von der Straße.

„Ein Schaf", sagte er abermals, nachdem er wieder im Bus saß.

Herr Bernstein begann, eine Geschichte über eine Ziege zu erzählen. Ein Tier, das er eigenhändig aufgezogen hatte. Bernsteins stolzer Besitz, während des Krieges. Seine Ziege Mathilda.

Luna erzählte daraufhin eine Geschichte über ihre Katze. Herr Gipfel lächelte nur. Er hatte offenbar keine Tiergeschichte.

Till lachte über Singos Katzenerzählung. Er blickte auf den Boden vor sich. Er lachte nicht mehr. Da lagen offene Medikamentenschachteln. Und zudem Unmengen an Pillen. Alle Größen und Farben waren vertreten.

„Ricardo!", sagte Till und zeigte in den Fußraum.

„Mierda!", rief der Latino.

„Jetzt weiß ich nicht mehr, wer welche Pille bekommt!"

Till hob die Pillen auf. Er versuchte sich zu erinnern. Grüne Pillen waren sicher die für Parkinson. Gegen allgemeine Schmerzen waren die gelben

Pillen. Weiße Pillen waren jedoch häufig. Waren die jetzt für Singo? Oder für Bernstein?

Clemens gab die aufgehobenen Medikamente Ricardo. Der nahm sie und schleuderte sie aus dem Fenster.

„Was machst du?"

„Ich gehe nicht das Risiko ein, den Lieben was Falsches zu geben. Sie haben Glücksgefühlhormone. Endorphine. Die machen glücklich und schmerzfrei. Das reicht bis nach Cadaqués."

„Und wenn nicht?"

„Dann bekommen sie einen Cacho. Das hat schon bei den Indianern geholfen."

Till musste grinsen. Das Leben war leicht und einfach. Zumindest kam ihm das Leben seit Beginn dieser unwirklichen Reise so vor. Ungekünstelt und kinderleicht. Nur ein paar Alte wickeln, füttern und waschen. Nichts Kompliziertes.

Nun rauchte Ricardo noch mehr. Nur für die gute Sache, selbstverständlich.

Till erfuhr viele persönliche Dinge von den Mitfahrern. Nicht nur Lebenserinnerungen, sondern auch körperliche Angelegenheiten. Till musste mithelfen. Besser gesagt, er hatte freiwillig seine Hilfe angeboten. Er ertrug es nicht länger, dem sympathischen Ricardo zuzusehen, wie er allein alle fälligen Arbeiten bewältigte. Er hatte sich als Altenpfleger geoutet. Der Fausthieb war längst vergeben. Fortan wickelte Till. Und das mit Freude. Er und Garcia holten die Alten aus dem Bus.

Sie wickelten im Freien. In idyllischer Umgebung. Ricardo stellte den Bully immer in einer schönen, abgelegenen Gegend ab, um ihren Pflichten nachzukommen.

Eines Nachmittags hielt Ricardo in einem kleinen Bergdorf an. Er stieg aus.

„Ich habe Lust auf einen guten Wein. Spanischen Wein." Dann machte er die Autotür zu und verschwand in einem alten Steinhaus. Till und die Alten blieben zurück.

Das ist nicht sein Ernst, dachte Till. Der kann doch jetzt nicht einfach einen trinken gehen.

Clemens drehte die Scheibe ganz hinunter und sah die enge Straße entlang. Gesäumt von Steinhäusern. Teilweise mit eingebrochenen Dächern. Am Ende der Straße ein verblichenes Ortsschild. Es gab keine Laternen oder blinkende Reklametafeln. Es schien hier überhaupt nichts Neuzeitliches zu geben. Die Luft war rein und schwanger von frischem Kräuterduft: Thymian und Rosmarin. Am Wegesrand hockten zwei alte Männer auf einer verwitterten Bank. Sie rauchten Pfeife und schwatzten.

„Clemens, würden Sie mir einen Gefallen tun?", fragte Luna.

„Sicher. Was denn?"

„Sei so lieb und hol mir einen Strauß Rosmarin."

Till nickte und stieg aus. Er schaute sich um. Hinter der Taberna, in die Ricardo hineingegangen war, gab es einen kleinen Platz. In der Mitte ein kleiner Steinbrunnen. Holzbänke und jede Menge

Blumen, Sträucher und Olivenbäumchen. Till schlich zielsicher zu einem schönen Rosmarinstrauch.

Er versuchte, so unauffällig wie möglich einige Zweige abzurupfen. Diese waren störrisch. Und er musste kräftig ziehen. Er stellte sich wirklich ungeschickt an. Er ging zum nächsten Strauch und versuchte sein Glück dort.

Plötzlich stand ein Mann neben ihn. Till bekam süßlichen Pfeifentabakgeruch in die Nase. Der Mann musterte ihn. Dann blickte er auf den malträtierten Strauch. Till wurde es mulmig und er schämte sich sehr. Der Greis drehte sich um und ging. Wortlos. Till wollte sich entschuldigen, aber er fand keine passenden spanischen Wörter. Der Mann ging zu seinem Freund und tuschelte. Der lachte laut, stand auf und ging in eines der Häuser. Als er wieder herauskam, hielt er etwas in der Hand. Beide wackelten in Richtung Till.

„Por favor", sagte einer und lächelte. Er hielt Till eine verrostete Gartenschere hin.

„Muchas gracias!", antwortete Clemens erleichtert. Er schnitt einige Zweige ab. Die Herren schauten ihm zu.

Er bedankte sich noch einmal und gab die Schere zurück. Dann verbeugte er sich, weil ihm nichts Besseres einfiel, um sich für seinen Vandalismus zu entschuldigen. Er ging langsam zum Bus zurück. Zu seiner Beunruhigung folgten ihm die Greise. Er wurde unsicher. Was würde passieren, wenn sie die drei Alten erblicken würden? Und wo zum Teufel war der Latino?

Till war fast angekommen, als einer seiner Verfolger etwas sagte. Till verstand es nicht. Nun stand er an der offenen Beifahrertür.

„Ricardo!", rief Till verzweifelt.

Die alten Spanier lächelten.

„Antonio", sagte der eine. Der andere stellte sich mit Pedro vor.

„Nein, nein. Ich bin nicht Ricardo."

„Clemens? Haben Sie den Rosmarin?" Luna rief aus dem Wagen.

Die Männer schauten verwundert. Sie drückten sich an Till vorbei. Sie lugten in den Bus. Dann lachten sie.

„Buenas tardes! Señorita", sagten sie charmant.

„Buenas tardes", antwortete Luna.

Till ging zur Seitentür und schob sie auf. Auf einmal kam Ricardo aus der Weinstube. Er grinste.

„Was ist denn hier los?"

Till hob die Schultern. Die alten Herren flirteten mit Luna. Sie standen vor dem Auto und erzählten etwas. Luna und die anderen konnten kein Spanisch, das wusste Till. Dennoch schienen sich alle zu verstehen.

„Und was ist das?", fragte Garcia und zeigte auf die Zweige, die Till immer noch in der Hand hielt.

„Die sind für Luna", sagte Till und reichte sie Singo.

„Ah ya. Luna!", sagten die zwei Spanier plötzlich.

Einer drehte sich um und begann mit Ricardo zu schwatzen.

Till blickte in den Bus. Luna sah amüsiert aus. Gipfel versuchte angestrengt, etwas zu hören, er hob seine Hand an die Ohrmuschel. Bernstein lächelte, aber sein Körper zitterte heftig.

„Ricardo", sagte Till besorgt.

„Timo scheint es nicht gut zu gehen."

Ricardo schaute in den Innenraum. Die alten Spanier folgten seinem Blick. Dann gingen sie plötzlich. Sie eilten zum Haus. Wenn man ihren Gang als eilig bezeichnen konnte. Nach einer Weile kamen sie wieder zurück. In den Händen einen großen Korb und zwei Flaschen. Einer trug ein kleines Rosmarinbäumchen.

Sie reichten ihre Gaben Ricardo. Der bedankte sich herzlich und stellte alle Dinge in den Wagen. Danach füllten sie noch am Brunnen ihre Wasserkanister auf.

Till und Garcia stiegen ein und fuhren los.

„Was haben sie dir gegeben?"

„Frisches Gemüse, Olivenöl, eine Flasche Wein und ein Kräutergetränk für Timo. Hausrezept!"

„Meinst du, wir können ihm das bedenkenlos geben?"

„Klar! Hast du die beiden gesehen? Die sind mindestens 100 Jahre alt. Die wissen, was gut ist!"

Am Abend hielten sie nahe einem Fluss. Ricardo ging Holz sammeln. Till breitete eine Decke am Ufer aus. Er hatte eine kleine Ecke gefunden, die mit Gras bewachsen war. Dann packte er den Korb aus. Frische Tomaten, Paprika und Pilze. Eingelegte Oliven und Käse. Eine Salami, ein Laib Brot. Till kam sich vor, als bereite er ein Picknick vor, für sich und seine Geliebte. Nur war seine Liebe ein Latino und drei alte Menschen.

Ricardo kam mit ein paar Ästen zurück. Till und er holten die anderen aus dem Bus.

„Jetzt lasst uns fürstlich essen!", sagte Garcia. Und man hörte seine Dankbarkeit heraus. Dank an die zwei alten Spanier, die diese Köstlichkeiten gespendet hatten. Till war auch dankbar. Nicht nur den Spaniern, sondern auch Ricardo und vor allem Luna, Timo und Sepp. Dank ihnen saß er hier. Hier an einem lauen Abend. Nahe einem Fluss, neben einem knisternden Feuer, unter tausend Sternen.

Till schnitt die Speisen in ganz kleine Stücke und fütterte Luna. Dann Sepp. Ricardo kümmerte sich um Timo. Bernstein schien der Kräutertrank zu munden. Seine Muskeln zitterten kaum noch. Auch die Salamihäppchen schmeckten ihm.

Nach dem Essen und fröhlichen Gesprächen brachten die Altenpfleger die Alten in den Bus. Sie breiteten extradicke Isomatten aus. Sie betteten ihre Schützlinge liebevoll darauf. Die Rollstühle klappten sie zusammen und räumten sie auf die Vordersitze. Ricardo und Till schliefen unterm Himmelszelt. Wie sie es fast jede Nacht taten. Bei Regen oder in kalten Nächten baute Ricardo das Hubdach auf. Dort oben fanden zwei Personen Platz, um zu schlafen. Aber in der Regel schliefen Garcia und Till außerhalb des Busses.

Beide lagen in Schlafsäcke gehüllt auf dem weichen Boden. Till schaute ins langsam ausgehende Feuer. Ricardo blicke zu den Sternen und rauchte.

Es war der perfekte Augenblick. Der Augenblick für Clemens, seinen Freund auszufragen. Bezüglich seiner Ermittlungen. Wie hatte Contenance es geschafft, Luna und die anderen zu töten, ohne sie umzubringen?

Doch Till fragte nicht. Er genoss die Stille. Er genoss die Freiheit. Und er wollte nicht an Todesengel denken. Den Alten ging es gut. Ricardo war ein warmherziger Wohltäter. Kein unheilbringender Mensch, den man verhaften und verurteilen musste. Das galt sicher auch für de la Placa.

Am nächsten Tag, gegen Mittag, streikte plötzlich der Wagen. Nichts ging mehr. Der Bus bewegte sich keinen Millimeter weiter. Mitten auf einer kleinen Landstraße saßen sie fest.

„Cojones!", schimpfte Ricardo und machte die Warnblinker an.

Er stieg aus. Er schaute in den Motor.

„Was ist?", fragte Timo.

„Ich weiß nicht. Keine Sorge. Es geht sicher gleich weiter. Benzin haben wir noch. Das kann es nicht sein", beruhigte Till.

„Anhand der Umstände vermute ich die Batterie!", sagte Timo.

Till ging nicht darauf ein. Was wusste der schon von Autos. Er war alt und senil. Lieb, dass er helfen wollte. Aber hier brauchten sie eine fachkundige Meinung. Clemens stieg aus. Ricardo schaute immer noch in den Motor.

„Und?", fragte Till.

„Ich weiß es nicht. Ich sehe nichts. Verdammt!"

„Der Tank ist es nicht", versuchte Till zu helfen.

„Wir können uns keine Reparatur leisten. Verflucht!"

Garcia zupfte an Kabeln. Schüttelte an Flüssigkeitsbehältern und schraubte Zündkerzen heraus.

„Nichts. Ich finde es nicht. Alles in Ordnung, wie es scheint. Und doch fahren wir nicht. Mierda!"

Ricardo schlug mit der Faust auf den Motor, dann gab er dem Bully einen Tritt. Till wurde es bange.

Ricardo war der coolste, friedvollste Mensch, den er kannte. Dass er so ausrastete, verhieß nichts Gutes.

„Beruhige dich. Wir finden schon eine Lösung. Vielleicht gehst du wieder die Señoritas auf der Straße bezirzen. Dann können wir zu einer Werkstatt fahren. Vielleicht rauchst du erst mal einen? Oder trinkst einen kleinen Schluck Wein? Dann geht es dir besser, und dir fällt eine No-Problema-Lösung ein." Till klang erbärmlich. Er hatte Angst. Er wusste nicht genau weswegen, aber er zitterte. Er wollte Ricardo nicht in diesem verzweifelten Zustand sehen. Er, Till Clemens, bettelte geradezu, sein Freund möge rauchen und Alkohol trinken. Dabei gefiel es ihm gar nicht, wenn Garcia das tat. Till wollte nicht, dass diese Reise zu Ende ging. Dass sie gestoppt wurde wegen einer Autopanne.

Ricardo marschierte zur Seitentür. Er öffnete sie und griff in den Korb. Die Flasche Wein war leer. Er verzog das Gesicht. Dann schnappte er sich die Flasche, dessen Inhalt für Timo bestimmt war.

„Darf ich?", fragte er Timo.

„Sicher", antwortete der.

Ricardo nahm einen Schluck.

„Pfui!"

„Ja! Aber es hilft!", sagte Bernstein lächelnd.

„Vielleicht sollte ich das meinem Bully einflößen." Ricardo grinste wieder.

Till stand neben ihm.

„Herr Bernstein meinte, es könnte an der Batterie liegen", sagte er.

„Warum hast du das nicht gleich gesagt?"

Garcia ging wieder zum Motor. Er musterte die Batterie.

„Die Kontakte. Schauen Sie sich die Batterieklemmen an!", rief Timo.

Ricardo schaute auf die beiden Klemmen.

Sieht normal aus, dachte er. Dann langte er hin. Er konnte sie einfach hochheben. Sie waren nicht mehr fest.

„Mi heroe!", rief der Latino freudig.

Er holte Werkzeug, er drehte die Schrauben einmal, und schon war alles in Ordnung.

Er setzte sich ans Steuer, drehte den Zündschlüssel um – und der Wagen sprang an.

„Mein Held!", sagte Ricardo

„Ja, durch die Rüttelei passiert das schon mal, dass die Klemmen sich lösen", erklärte Timo stolz.

Ricardo lobte Timo. Till war traurig. Er wäre gern derjenige gewesen, der Garcia geholfen hätte. Auf den er stolz wäre. Aber nun gut. Das Ziel war erreicht. Die Reise ging weiter.

„Ich entschuldige mich, Timo", sagte Till.

„Wofür, mein Junge?"

„Ich habe Ihnen nicht geglaubt. Ich dachte, Ihre Tipps seien unbrauchbar. Das tut mir leid."

„Das ist nicht schlimm. Schon vergeben. Hauptsache, wir fahren wieder." Timo grinste.

Ricardo sah Till missvergnügt an. Till senkte den Blick und schwieg. Bis zum Abendessen sagte er kein Wort. Nach einer warmen Suppe spielte Ricardo mit Gipfel und Bernstein Karten. Till saß neben Luna. Beide betrachteten den Himmel. Luna zeigte ihm Sternbilder und erzählte ihm griechische Göttergeschichten. Clemens genoss es. Dann sang Luna plötzlich.

„Haben Sie Geburtstag? Soll ich das Lied erraten?", fragte Till und schmunzelte. Er dachte an Frau Bert.

Singo hatte die Anspielung verstanden und sang lauter. Till kannte das Lied nicht. Und er bemühte sich auch nicht, es zu erraten. Dafür schnappte er sich zwei Löffel und trommelte leise einen passenden Rhythmus.

Die anderen hörten auf zu spielen und lauschten. Ricardo kam näher und wippte mit dem Kopf. Bald tanzte er. Gipfel und Bernstein applaudierten. Alle waren fröhlich und ausgelassen.

Es ist alles wieder in Ordnung, dachte Till, und es wurde ihm warm ums Herz.

Nach vielen Kilometern durch schmale, kurvige Straßen waren sie endlich in Cadaqués angekommen.

Ricardo stoppte den Bully auf einem Parkplatz.

„Wir sind da!" Die Alten lächelten. Sie erzählten nicht mehr. Sie waren vor lauter Vorfreude still geworden.

„Will jemand noch etwas?", fragte Ricardo.

In Tills Hals saß ein dicker Kloß. Hier waren sie also. Was würde hier passieren? Till saß mit tot geglaubten Menschen in einem schäbigen Bus. In Cadaqués. Und nun? Er hatte eine Ahnung. Wollte diesen Gedanken aber nicht dingfest machen. Till stieg aus. Seine Beine schmerzten. Aber er schenkte dem keine Beachtung. Was sollte er jetzt tun? Was wollte er tun? Eigentlich wollte er nichts. Vielleicht wieder in den Bus steigen und weiterfahren. Kein Ankommen. Sondern einfach weiterfahren. Bis ans Ende der Welt. Und dann noch weiter.

Till stieg wieder in den Bus.

„Einen Lumumba!", sagte Luna. Die anderen nickten zustimmend.

Ricardo stieg aus. Er flanierte zu einer Bar am Strand und zu einem kleinen Souvenirladen.

Garcia kam zurück, in den Händen vier Gläser, unterm Arm eine kleine Plastiktüte.

Die Alten schlürften das Getränk genüsslich.

Ricardo trank ein Glas halb leer und reichte es Till. Clemens nahm es und trank es aus. Lecker! Dieses Getränk bestand aus Kakao. Und Rum. Viel Rum.

Sie fuhren weiter. Der Bus schlängelte sich die Küste entlang. Dann stoppte er.

„Hier", sagte Ricardo.

Till kam sich vor wie ein imaginärer Begleiter. Unfähig zu handeln. Verdammt zum stillen Zuschauen. Ihm schossen viele Bilder durch den Kopf. Von ihrer Reise, ihren Abenteuern. Till hatte vergessen, worum es ging. Er hatte die Absicht dieser Reise verdrängt. Besser gesagt, er hatte irgendwann aufgehört, sich Gedanken über eine Absicht, über einen *Zweck* dieser Reise zu machen.

Sie standen nahe an einem schroffen Felsen. Till stieg aus dem Bus. Die Meeresluft belebte sein Gesicht.

Ricardo holte die Alten aus dem Bus. Erst jetzt fielen Till die seltsamen Klamotten der Alten auf. Er hatte sie jeden Tag gesehen und doch nie wirklich wahrgenommen. Herr Bernstein trug ein Sweatshirt mit einem Bild von Bob Marley. Frau Singo eines mit der Live-8-Gitarre, auf Herrn Gipfels Brust strahlte ein Abbild von Gandhi. Es konnte sich hierbei nur um Kleidung von Ricardo handeln. Klar, die Toten wurden ohne jegliches Hab und Gut von den Bestattungsinstituten abgeholt. Ohne Kleidung – und manchmal auch ohne Zähne.

Ricardo holte eine Kamera aus dem Bus. Er filmte die Alten.

Ricardo wies Till an, am Bus stehen zu bleiben. Er begleitete die Alten nah, sehr nah an den schroffen Abgrund. Dann umarmte er jede Person. Sehr herzlich. Ricardo entfernte sich und hielt dabei die Kamera ruhig auf seinen Schultern. Er ging rückwärts langsam zurück zum Bus. Wo auch Till stand. Es war bereits dämmrig. Keine anderen Menschen waren zugegen. Sie waren vollkommen allein an diesem Ort. Ein letztes Winken. Garcia packte die Kamera weg.

Till war bei vollem Bewusstsein. Er erinnerte sich an die Gesichter der Alten. Sie hatten ihn freudig verabschiedet. Sie hatten fröhlich ihren Lumumba getrunken. Sie hatten sich für die Wickelei, Eincremerei und die schwierigen Umstände entschuldigt. Sie hatten sich sehr gefreut über die T-Shirts, die ihnen Ricardo geschenkt und angezogen hatte. Mit kitschigen Cadaquésfotos bedruckt. Sie hatten gelächelt, zahnlos. Und hatten glücklich aus dem Fenster gezeigt. Das Meer, Spanien, Cadaqués. Nicht ein Altersheim, sondern ein schöner Ort. Ihr Ort. Ihr Wunschort. Der Ort, an dem sie glücklich sterben würden. Aus freiem Willen würden sie hier ihrem Leben Ade sagen.

Till wurde schlagartig bewusst, was hier passierte. Und doch war er unfähig, in dieses Geschehen einzugreifen. Er stand wie festgefroren neben dem Bus. Einer nach dem anderen sprang. Singo gab ihrem Rollstuhl einen festen Schub. Nach Luna sprang Herr Gipfel. Gleich würde Bernstein springen. Ricardo stand neben Till. Ohne jegliche Emotion, so schien es. Ohne eingreifen zu wollen. Ohne die Alten davon abhalten zu wollen zu springen. Und doch hatte er etwas von einem sanften Cherub.

„Tu was!", flehte Till, obwohl er wusste, dass es zu spät war.

„Ich habe schon geholfen. Jetzt sind sie dran", sagte Ricardo. Er lächelte und zeigte Richtung Felsabgrund. Der Himmel war dunkelrot. Meeresrauschen. Die See verschmolz mit dem Horizont. Der Wind war salzig und frisch. Bernstein sprang.

„Das schönste Geschenk ist die Achtung", sagte Garcia.

Dieser Satz hätte auch von Contenance stammen können, dachte Till. Er war verzaubert. Dieses Erlebnis würde er sein Leben lang nicht mehr vergessen. Er hatte erlebt, wie Alte mit Achtung ihrem Dasein ein Ende bereiten konnten. Mit Glücksgefühlen und Freudentränen. Sie waren wonnetrunken am Ende ihres Lebenswegs angekommen. An einem wunderschönen Ort. An ihrem Wunschort. Und dies hatten sie auch Ricardo und Contenance zu verdanken.

De la Placa und Garcia waren keine Todesengel.

Till heulte. Alle Glieder schmerzten. Er wollte nicht, dass Luna tot war. Bernstein und Gipfel. Auf der anderen Seite weinte er vor Freude. Er hatte ihnen ihren letzten Wunsch erfüllt. Zumindest hatte er dabei geholfen.

Aber die Reise war beendet. Till war traurig und verzweifelt. Er hätte doch ans Ende der Welt fahren wollen. Weiter den Geschichten lauschen wollen, weitere Abenteuer bestehen, weiter wickeln und cremen wollen.

Doch die Reise der Greise war beendet ... Tills Reise.

Till bekam auf der Rückfahrt viel erzählt. Sämtliche Rätsel wurden entschlüsselt. Ricardo plapperte und plapperte.

Clemens erfuhr von Herrn Mack und von der Hypnose. Von anderen Fahrten und Greisen. Von der schönsten und mutigsten Señorita auf Erden: Contenance de la Placa.

Garcia erzählte seinem Freund alles.

Drei Monate später wurde zwei Altenpflegern der Prozess gemacht. Man verurteilte sie zu lebenslanger Haft. Anklage: Mord und Beihilfe zum Mord. Todesengel.

Danksagung

*Ich bedanke mich bei meiner Familie
und meinen Freunden
für die liebevolle Unterstützung.*